Hotel Ocupado

FERNANDO CARPENA

DiQueSí

© del texto, Fernando Carpena

© de las ilustraciones, Fernando Carpena

© Ediciones DiQueSí

28022-Madrid

www.edicionesdiquesi.com

novedad@edicionesdiquesí.com

DiQueSí

Diseño: Estelle Talavera

ISBN: 978-84-121529-4-4

Depósito Legal: M-19510-2021

© Todos los derechos reservados

1ª Edición: Madrid, 2021

Impreso en España por Estilo Estugraf, S.L.

Hotel Ocupado

1
anfitrion

¡Qué alegría verte!

Pocos tenéis el coraje de acercaros aquí a estas horas. La luna desciende y no falta mucho para el nuevo día. El tiempo que nos queda es corto y la historia que deseas oír dura más que la noche.

Ten cuidado en dónde apoyas el pie. Algunas de estas tumbas tienen siglos, y pueden desmoronarse si caminas sobre ellas. Supongo que no quieres terminar dentro de un pozo, sobre un ataúd de madera podrida, entre huesos y arañas muertas, ¿verdad?

Sigamos por este camino. ¿Por qué no te acercas? Si has hecho las cosas bien, no corres peligro. ¿Has quemado las seis cebollas? Perfecto. ¿Tienes las plumas de búho? Me alegro. ¿Y el agua oscura? ¿La traes contigo? Muy bien. Eso debería bastar. No tengo posibilidad alguna de hacerte daño, aunque quisiera. Distinto habría sido si las cebollas hubieran sido cinco o siete, o si las plumas, por un lamentable error, hubiesen pertenecido a una paloma o a un cuervo.

Ya estamos cerca. Te contaré lo que has venido a escuchar, pero, antes de que palabra alguna salga de mi boca, quiero que veas la casa.

¡Ah! ¡Ahí está! ¡Ahí la tienes, frente a tus ojos! ¿No es bonita? Mira cómo resplandece bajo los rayos de luna. Veinte habitaciones, y gran parte de ellas con vistas al acantilado. No te preocupes, no nos acercaremos al borde aún. La caída hasta el mar es larga, y nadie podría salir vivo de semejante experiencia.

Lo creas o no, esta casa vio amaneceres desde mucho antes que tus abuelos pisaran el mundo. Es tan vieja que sus leyendas se inventan fácil.

Si preguntas a los del pueblo, llegará a tus oídos la historia de la familia que huyó en mitad de la noche, tras escuchar cómo unas uñas afiladas rasgaban la pintura desde detrás de las paredes. No faltará quien te hable del piano embrujado y de su música triste. O de las hamacas que se mueven solas, empujadas por algo que no es viento, o sobre esos días en los que llueve solo ahí, mientras las nubes flotan sin voluntad de tormenta en el resto del pueblo.

Perdona mi entusiasmo. Mi amor por este sitio es inmenso, adoro cada uno de sus olores, cada uno de sus rincones, cada flor de su jardín. Pero tú no buscas cuentos para asustar a niños; tú quieres entrar en la casa y saber lo que ocurrió. Quieres escuchar la verdadera historia, sin disfraces ni secretos.

Pues bien, es hora de empezar. Sentémonos en este tronco, que los relatos se escuchan mejor con los pies quietos. No te preocupes. Si no huyes espantado por mis palabras, nos iremos acercando con cautela hasta la entrada, e incluso, si el peligro nos ignora, podremos visitar el gran salón.

Todo empezó una noche tan oscura como esta, en medio de un vendaval, con el océano rugiendo alborotado. Todo empezó con una vieja camioneta, cargada de equipaje, de trastos y de esperanza. Con una familia cansada de un viaje largo y con un gato que, como suele ocurrir, pudo mirar lo prohibido pagando un alto precio. Todo empezó con un engaño, y con una frase repetida al mismo tiempo.

Todo empezó con dos puertas.

Y terminó con una.

2

En caSa

—¿En serio vamos a vivir aquí?

Iván se esforzó en mostrar su decepción al decir estas palabras. Era importante que sus padres notaran su fastidio. Desde la jaula de plástico que sostenía en su mano, se escapó un maullido apagado. A Caligari tampoco le gustaba su nuevo hogar.

Muchos metros sobre sus cabezas, los relámpagos dibujaban, durante el instante terrible en que su luz despejaba las sombras, la decadencia de esa enorme casa que alguna vez fuera hermosa. Una enredadera espesa subía por el muro que daba al mar y se sacudía en lo más alto, dándoles algo de vida a unas gárgolas de piedra gris.

Gran parte de las tejas estaban rotas, y pocas eran las ventanas con los cristales enteros. Pese al viento furioso, podían oírse los chillidos de los murciélagos y el romper de las olas contra las rocas de la costa.

—¡Claro que sí, hijo! Ya verás, con un poco de pintura y buena voluntad, este lugar va a parecer un palacio. ¡No te dejes llevar por la primera impresión! Es de noche, está oscuro y estamos cansados, ¿o no, Wendy? —respondió Rubén mientras cargaba con las maletas y las bajaba de la camioneta.

—Que estamos cansados no lo discuto... Pero me parece que vamos a necesitar algo más que pintura para que este sitio parezca un hotel —respondió su esposa, con una sonrisa que fracasó en ser cálida.

Habían invertido los ahorros de toda su vida en comprar ese lugar y, por el momento, no se parecía en nada al hogar sus sueños.

—Bueno, bueno, lo reconozco. Pintura y madera y cristales nuevos y clavos y cañerías y cemento. Por el precio que pagamos, no podíamos pretender que nos esperaran con una alfombra roja bajo nuestros pies.

Eso era cierto. El precio de la casa había sido bajo. Sospechosamente bajo, según Wendy. Pero el señor Piña les había asegurado que la propiedad era fuerte, que había sido construida con materiales de primera y que había resistido los dientes del viento durante años, sin más queja que algunos crujidos de la madera. El agente inmobiliario tenía todo listo para ser firmado, y un poder total sobre la propiedad obtenido de formas misteriosas, ya que los últimos dueños de la casa habían fallecido hacía tiempo y ningún heredero había reclamado la mansión.

No hizo comentario alguno sobre las historias que de ella se contaban. Y (en esto puso especial cuidado) también le pareció conveniente evitar mencionar un pequeño detalle: la casa se estaba desmoronando. Los cimientos sobre los que se apoyaba, golpeados por el aire marino y el salitre, estaban débiles y agrietados. Si la mansión seguía en pie, era por algún milagro arquitectónico sobre el que no tenía intención de indagar. Ese era el principal motivo de su urgencia por venderla: quería que el problema fuera de otros lo antes posible.

Para eso, nada mejor que un precio tentador, un elogio desmedido del paisaje y la reducción de estos graves problemas a la categoría de «detalles de terminación». La trampa perfecta para que algún pez distraído picara.

Y un pez llamado Rubén mordió el anzuelo. Tenía una esposa, Wendy, y un hijo adolescente, de unos trece o catorce años, llamado Iván. Una familia de esas que se hartan de la ciudad, con sueños que imaginan que merecen ser cumplidos y con algo de dinero listo para ser usado en un futuro mejor.

La primera reunión entre el señor Piña y sus víctimas fue en casa de ellos, en la que les mostró más de cien fotos de esa mansión en la otra punta del país (retocadas a conveniencia con esos programas informáticos que permiten que las actrices no tengan arrugas, los vehículos no tengan rayones y las casas no parezcan a punto de desplomarse), en las que se la veía brillar bajo el sol del verano.

Brillar, lo que se dice brillar, brillaban los ojos de Rubén. Los de su esposa también lo hacían, aunque con ese resplandor más apagado que da la cautela. Wendy siempre había sido más precavida que su marido, y era la encargada de que su esposo pusiera los pies en la tierra. En la vida, le había tocado ser más cerebro que corazón. Si los del hijo brillaron, poco importó. Él no era el dueño de la cuenta bancaria, así que el trato del señor Piña hacia Iván fue saludarlo al entrar, despedirse al salir y preguntarle dónde estaba el cuarto de baño.

Qué cosa cruel, jugar con los sueños de otros. Porque sueños eran los que tenía esta gente entre sus manos. Después de años de trabajar en hoteles ajenos, haciendo que todo funcionara como un reloj, Rubén y Wendy comenzaron a imaginar uno propio, un pequeño paraíso con el que ganarse el pan y en el que su hijo pudiera crecer, teniendo al mar como vecino de enfrente.

El encuentro con el señor Piña los dejó con la sangre alborotada. Emocionados con esas fotos que creyeron verdaderas, empezaron la noche haciendo cuentas y la terminaron decidiendo el color de las toallas y de las alfombras, mientras Caligari maullaba, molesto por su plato casi vacío.

Rubén pidió velocidad; Wendy, calma; y el gato, comida. Iván, mientras tanto, lo único que necesitaba era que sus padres le dejaran ver la televisión en paz.

Un día se firmaron papeles, el dinero cambió de manos, las llaves también y las sonrisas fueron de todos. Se convirtieron en los flamantes dueños de una mansión victoriana con vistas al Atlántico, con los ya mencionados «detalles de terminación». Nunca imaginaron el tamaño de esos detalles. Nunca nadie se los imagina.

Y así, la noche que llegaron, la de la tormenta, Wendy revolvió su bolso en busca del gran manojo de llaves que el señor Piña les había entregado. Encontró la de la puerta de entrada al mismo tiempo que las primeras gotas de lluvia comenzaban a caer.

—¡Venga, que está empezando a llover! ¡Nos vamos a empapar! —se quejó Iván.

—¿Preparados? —preguntó Wendy, emocionada, mirando a su familia.

Rubén asintió con fuerza, con los puños apretados por los nervios. Iván resopló y miró el cielo gris y los árboles que se inclinaban por el vendaval.

—¡Más que nunca! —declaró Rubén—. El señor Piña dijo que nos había preparado una habitación para pasar la noche. Mañana, con el sol, podemos recorrer la casa con calma.

Una nueva vida estaba a punto de comenzar al otro lado de ese umbral.

«Bueno —se dijo Wendy—, no hay que tener miedo a los sueños. Ni siquiera a los que se cumplen».

Y abrió la puerta.

Rubén tanteó la pared en busca del interruptor de luz. Lo encontró, y esa fue la primera buena noticia: había electricidad. Pudieron ver que estaban en un salón amplio, con ventanales inmensos (que, en ese momento, daban hacia la oscuridad) y muebles cubiertos con sábanas. En las paredes había retratos de personas desconocidas, y a la derecha, una escalera de mármol conducía al piso superior. Pese a la suciedad, pese a las telarañas, pese al olor a orina de roedor, la casa no ocultaba su belleza. Y eso fue suficiente para tranquilizarlos.

Iván se agachó y le abrió la jaula a Caligari. El gato, acostumbrado al mundo estrecho por haber crecido en un piso, olisqueó el aire nuevo y se lo pensó un buen rato antes de salir a explorar. Ni siquiera dos ratones que escapaban de las luces repentinas fueron motivo suficiente para abandonar el sitio en el que había pasado las últimas doce horas. Nadie le prestó atención, concentrados en admirar cómo es un sueño cuando toma forma.

Lo que no sabían (lo sabrían después, en la noche de las pizzas) es que, al mismo tiempo en que ellos entraban por la puerta principal, otra familia lo hacía por la trasera.

Ambos padres (Rubén y el otro) hicieron lo mismo. Avanzaron algunos pasos hacia el interior, dejaron el equipaje en el suelo, exhalaron con satisfacción y se pusieron las manos en la cintura.

Y luego, los dos dijeron al mismo tiempo:

—Al fin en casa.

3

La otra Familia

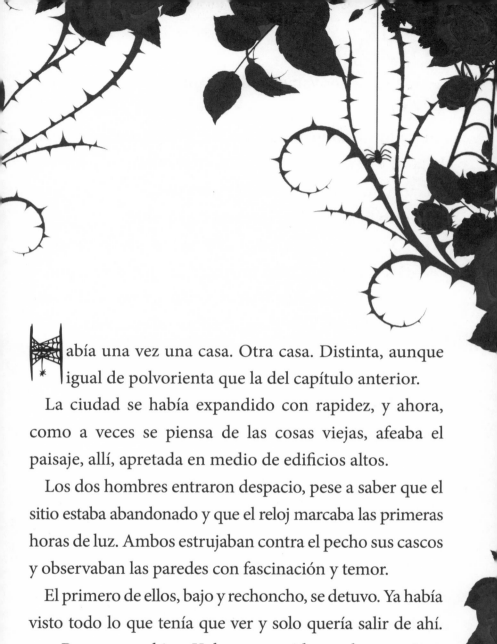

abía una vez una casa. Otra casa. Distinta, aunque igual de polvorienta que la del capítulo anterior.

La ciudad se había expandido con rapidez, y ahora, como a veces se piensa de las cosas viejas, afeaba el paisaje, allí, apretada en medio de edificios altos.

Los dos hombres entraron despacio, pese a saber que el sitio estaba abandonado y que el reloj marcaba las primeras horas de luz. Ambos estrujaban contra el pecho sus cascos y observaban las paredes con fascinación y temor.

El primero de ellos, bajo y rechoncho, se detuvo. Ya había visto todo lo que tenía que ver y solo quería salir de ahí.

—Bueno, muy bien. Ya hemos venido y ya hemos visto. ¿Podemos irnos?

El otro, más delgado y más alto, avanzó por el pasillo.

—Sí, sí, ya nos vamos, solo un minuto...

—¡Sabía que ibas a hacer esto! ¡Nunca es suficiente! —estalló su compañero, para luego añadir con voz burlona—: «Te prometo que entramos, miramos y salimos en cinco minutos». ¡Eres un mentiroso!

El otro lo miró con expresión chispeante.

—¿Quieres que llame a tu mami para que te cuide?

—¿Me estás llamando miedica? Lo que para algunos es miedo, para otros es usar el cerebro, y mi cerebro me dice que hay que salir de aquí ahora mismo. Además, es bien sabido que...

Ya no había quien lo escuchara. El hombre delgado, que había llegado hasta donde el pasillo giraba, desapareció con un grito, como si una mano fantasmal lo hubiera arrastrado hacia lo más profundo de la casa.

—¡No, no, no, no! —gimió el otro—. ¡Ya voy!

Corrió a toda la velocidad que le permitían sus cortas piernas y, al doblar el pasillo, vio a su compañero en el suelo, riendo, orgulloso de su broma.

—¡Vaya cara se te ha quedado! —Y golpeaba una mano contra el suelo—. ¡Estás blanco!

—¿Qué te pasa? ¿Estás loco? ¿Cómo se te ocurre hacer algo así? ¿Es que no has oído lo que se dice de este lugar?

El otro se puso de pie y rodeó a su compañero con el brazo.

—Claro que sí... Dicen que hay un monstruo de dos metros de altura que avanza por los corredores, hambriento de carne humana... Y también he oído hablar de la dama del velo blanco, que flota con el rostro cubierto para que nadie vea su cara espantosa. Dicen que los que se atreven a mirarla, enloquecen para siempre.

El hombre bajo empezó a sudar. Conocía cada uno de esos cuentos y no quería recordarlos. Su compañero siguió enumerando terrores mientras aumentaba la voz para que sonaran cada vez más tétricos.

—Y no olvidemos al espectro de la música desgarradora y a la aparición que se arrastra como una serpiente y que provoca que los animales huyan...

Algo resonó en el piso de arriba. Posiblemente, alguna madera podrida había elegido el peor momento para desprenderse. Nada grave. Pero fue suficiente para que el hombre delgado sintiera que estaban abusando de su buena suerte.

—Bueno, está bien. Vámonos de aquí, hay que volver al trabajo.

Pero ninguno de los dos pudo moverse. Sus pies parecían estar clavados al suelo de madera gris.

—¿Qué pasa? —dijo el delgado, intentando mover las piernas.

—¡Te dije que había algo malo bajo este techo! ¡Está lleno de espíritus!

—Perdón por interrumpir —escucharon decir a una voz que sonó en medio de ellos—, es que… *espíritu* es un término incorrecto. Nosotros somos fantasmas. Son cosas completamente diferentes.

La voz, de pronto, tuvo un rostro. Una figura apareció al lado de los hombres, con unos dientes amarillos asomando en medio de unos labios sonrientes. Su cuerpo era descomunal, y las manos que mantenían inmóviles a sus presas terminaban en unas garras afiladas del tamaño de dedos humanos.

Por un instante, nadie dijo nada. El fantasma miró a uno y luego al otro, y dejó caer la cabeza en un gesto de resignación.

—Bueno… —suspiró—. Ya que insisten, les mostraré la diferencia…

Su boca, entonces, se abrió cuatro veces más de lo normal, dejando ver varias filas de dientes puntiagudos mientras sus ojos resbalaban por las mejillas hasta la altura de la nariz. La forma de su cara cambió hasta parecer una calavera.

No hizo falta más. Liberados de las manos fantasmales, los dos hombres se lanzaron a la calle, aterrados y chocando entre sí.

Sin intrusos a la vista, Ash volvió a colocarse el rostro como si fuera de arcilla.

—¡Ha sido increíble, papá! ¡No es posible hacer eso con los ojos! Y lo de los dientes… ¡Siete filas de dientes! ¡Siete!

Una jovencita de unos trece años de edad, con un vestido tan blanco como ella, brotó de la pared diciendo estas palabras y corrió a abrazar al que, segundos atrás, era un monstruo horrible.

—Ha estado bien, ¿eh? ¿Tu padre es el mejor o no?

—¡El mejor del mundo y del universo y de todo lo que se pueda! ¡Mamá! ¿Lo has visto?

El retrato al óleo de una dama que colgaba en el pasillo comenzó a sacudirse. La imagen pestañeó dos veces y cobró volumen, antes de salir del cuadro.

—¿Y eso, Flora? ¿Truco nuevo?

La mujer que emergió del cuadro, haciendo resbalar sobre su piel los restos de pintura como los flecos de una cortina, tenía el cabello recogido en un peinado anticuado y los ojos grises y profundos. Vestía algo imposible de determinar. Tal vez fuera su propio cuerpo o alguna tela hecha jirones.

—Soy excelente en la técnica del espanto artístico, Ash —dijo Flora al tiempo que se sacudía los últimos vestigios de pintura—. Deberías saberlo. Pero, claro, el caballero está demasiado concentrado en practicar el truco de los ojos derretidos, a pesar de que después le da un dolor de cabeza que le dura días.

El espectro simuló ofenderse, pero no evitó la sonrisa.

—Ojos derretidos es una de las técnicas más complicadas en el arte de provocar terror, esposa mía. Lleva años aprenderla.

—Años lleva, mamá. Años —añadió Elanor.

—¡Y la domino a la perfección! ¡Mucho mejor que Elmer Tumbafría o cualquiera de los otros! ¡Les dije que lo iba a hacer antes que ellos! —respondió el fantasma.

El grito de su esposa le congeló las palabras.

—¡Ashley Lunasangre Tercero! ¿Otra vez con esos retos absurdos?

Ash colocó una mano sobre su pecho y cerró los ojos.

—Fue solo una conversación entre amigos, querida. Te prometí que nunca más y así ha sido. ¡Que el techo se derrumbe si mis palabras son de niebla!

Y eso fue exactamente lo que ocurrió, siete segundos más tarde.

La bola de demolición atravesó el pasillo de este a oeste, arrasando ladrillos y maderas a su paso.

Flora se lanzó sobre su hija, y a duras penas lograron esquivar el golpe. Ash no tuvo tanta suerte. No es que esa bola de metal pudiera hacerle daño alguno, pero los fantasmas necesitan algunos segundos de preparación para ejecutar la técnica del cruce de objetos. Si no, la experiencia los deja mareados y lentos para reaccionar.

—¡Elanor, ayuda a tu padre! ¡Yo voy a por Bebé! —ordenó Flora.

La fantasmita flotó hasta donde se encontraba Ash y lo empujó a través del suelo. Justo a tiempo. La gran bola regresó por el mismo camino, destrozando lo que minutos atrás era un pasillo polvoriento.

En la calle, el hombre delgado y el hombre bajo manejaban la grúa con la experiencia de haber demolido cientos de edificios. Para la tarde de ese mismo día, la casa tenía que desaparecer. A la mañana siguiente llegarían los camiones a retirar los escombros, y luego una horda de arquitectos que le darían a la ciudad un nuevo edificio. Esa era la orden y había que cumplirla, sin piedad, ni para fantasmas ni para ratones.

La bola volvió a recorrer las habitaciones, ahora de norte a sur. El retrato de la dama antigua, el favorito de Flora, quedó destrozado. Pero la fantasma no tuvo tiempo de lamentarse: Bebé no aparecía y la casa estaba a punto de derrumbarse.

Unas ratas grises escaparon hacia el patio y Flora fue tras ellas. Atravesando la pared de la cocina, llegó al fondo del edificio, al único espacio de la casa que podía

permitirse un jardín de hierbas salvajes y descontrola-
das. Bebé estaba ahí, intentando atrapar un escarabajo.
Por supuesto, no podía. Le faltaban años para aprender
la técnica del toma y empuja, una de las tantas habilidades que los fantasmas deben dominar para aterrar a
los vivos.

Esta vez, el ataque llegó desde arriba. La bola cayó
sobre el árbol que crecía en el patio y lo convirtió en
cientos de astillas. Flora no pudo evitar que varias la
atravesaran mientras volaba hacia su hijo. A su espalda,
la pared posterior se derrumbó como si fuera de miga
de pan.

—¡Bebé! —se desesperó cuando vio que una rama
inmensa estaba a punto de caerle encima.

Pero la suerte estuvo de su lado. Parte de la pared
que se desmoronaba bloqueó la rama, y esta, a su vez,
detuvo la caída del paredón, algo tan fortuito que Flora
lo aprovechó para escabullirse con su hijo bajo las raíces.

En la profundidad de la tierra húmeda, rodeados de
cañerías y huesos de mascotas, los cuatro miembros de
la familia pudieron reunirse.

—¿Estamos todos? —preguntó Flora, con la desagradable sensación que produce hablar con la boca llena de
tierra.

—Aquí estamos, mami. Papá ya está mejor, ¿y Bebé?

—Conmigo. Quedémonos aquí por ahora. No creo que tarden mucho en destrozarlo todo por ahí arriba.

En efecto, no duró demasiado. Los ruidos fuertes y las vibraciones siguieron algunas horas más, y luego se hizo el silencio. Por precaución, abrazados y sin decir una palabra, se quedaron enterrados hasta que llegó la noche.

Ash fue el primero en subir a la superficie. Luego, Flora con Bebé, y por último, Elanor. La visión que tuvieron fue tristísima. Su amado hogar se había convertido en una montaña de paredes destrozadas, hierros retorcidos, cristales rotos y astillas carcomidas. Todo estaba rodeado de una polvareda que no terminaba de disiparse.

Elanor cayó de rodillas, con una pena que no le cabía en el cuerpo. Su madre flotó con Bebé a su lado, buscando al menos un trozo del retrato de la dama. No pudo encontrarlo. Ash se sentó sobre la única pared que parecía haber resistido. Estaba furioso. Durante muchísimo tiempo había sido el amo de aquel lugar, y ahora se lo habían arrancado de las manos. Él, Ashley Lunasangre Tercero, el que dominaba el espanto en todas sus formas, el protector de su familia, no había podido evitar que una simple bola de metal hiciera desaparecer su hogar.

—Ash… ¿estás bien? —preguntó Flora.

Él sacudió la cabeza, con el orgullo herido. Les había fallado. Habían confiado en él y les había fallado. Se prometió a sí mismo que jamás volvería a ocurrir algo así.

Arriba, la luna no podía ganarle en brillo a la ciudad. Las máquinas que habían devorado su paz ahora dormían, todavía con trozos de casa entre los dientes. Elanor se acercó a su padre y apoyó la cabeza sobre sus piernas.

—Papi… y ahora, ¿qué vamos a hacer?

—Vamos a encontrar otro lugar, hija. Uno más hermoso y más grande. Y nadie va a echarnos de ahí. Te lo prometo.

Flora escuchó las palabras de su esposo y suspiró, deseando que se hicieran realidad. Bebé, mientras tanto, perseguía a una oruga verde y peluda que se arrastraba sobre un trozo de raíz. Ella también se había quedado sin hogar.

4

El anfitrión sigue su relato

¿Tienes frío? El clima empeora. Ven, nos acercaremos a la casa. Allí podremos conversar sin gritos, a salvo del viento que muerde los huesos.

Ah, mucho mejor. Estoy bien, gracias. No siento las urgencias ni del frío ni del calor; una de las ventajas de ser quien soy. Pero no hablemos de mí, lo que importa ahora es que los fantasmas de nuestra historia se habían quedado sin hogar, algo tan asombroso como terrible.

Es difícil que comprendas las reglas que rigen el mundo de los espectros, pero debes saber algo: no se ve con buenos ojos, entre los habitantes de Otra Vida, dormir con las estrellas sobre el cuerpo.

Ash y su familia pasaron así varias noches, mientras recorrían los senderos a la espera de que la buena suerte se acordara de ellos. Durmieron en una encrucijada de caminos, soportando a dos espíritus que habían muerto en aquel mismo lugar y que discutían, sin ponerse de acuerdo (y esa era su condena), acerca de quién había sido el responsable de la desgracia. Otra noche, el destino les brindó cobijo en una iglesia abandonada, hogar de búhos de ulular constante y excrementos apestosos.

La luna y el sol se turnaban en el cielo y los alojamientos se sucedían con impaciencia: un mausoleo olvidado, la morada de una bruja, una caravana oxidada, un hospital clausurado (espantoso lugar incluso para los fantasmas) y hasta un barco hundido. En cada uno de ellos encontraron fugaz abrigo en sus horas desdichadas. Pero, al día siguiente, debían continuar la marcha.

Triste, ¿no? En su larga vida, Ash jamás había sufrido semejante humillación. Peor aún: la situación estaba a punto de volverse grave, ya que no hay espacio en Otra Vida para fantasmas sin hogar. Las Leyes de los Cuatro son claras al respecto: «Todo fantasma debe ser guardián de su propio espacio, bajo pena, en caso de no tenerlo, de hundirse en el olvido y convertirse en polvo».

Flora intentaba, sin suerte, levantar el ánimo de su marido mientras Elanor y Bebé permanecían silenciosos. El pequeñito de la familia no tenía ganas ni de perseguir cucarachas, y eso era un espantoso síntoma de desesperanza.

Pero hagamos que esta historia avance. Para eso, nada mejor que un golpe de suerte. Lo hubo. En esos tiempos oscuros, y para ganarse el descanso, la familia aceptó todo tipo de trabajos: pintaron manchas de humedad en casas cerradas, rompieron cañerías que no goteaban, marchitaron flores por encargo, oxidaron armaduras y bisagras y buscaron hierbas extrañas para pociones misteriosas. Flora mostró su talento en el zurcido de telarañas, y Elanor, amante de la música, desafinó con mano hábil cajas musicales y pianos de cola hasta lograr armonías tenebrosas. Bebé se dedicó a ser Bebé, y eso ya era suficiente. Podía aterrorizar con un solo abrazo al perro más fiero y hacer enloquecer a caballos mansos, habilidades muy apreciadas en el mundo espectral.

Así fue como el encargo que la señora Grimaldi le hizo a un esqueleto llegó a los oídos de un vampiro, quien a su vez se lo contó a un hombre lobo, y este, a un zombi de pantano. El mensaje circuló de boca en boca hasta aterrizar en la hechicera que había contratado a la familia de Ash para sembrar hongos de protección alrededor de su cabaña.

«Raro es el encargo, pero más raro aún es un fantasma sin lugar donde apoyar la cabeza», pensó la bruja. «Tal vez pueda interesarles. Una dama fantasma ofrece vivienda durante dos semanas a cambio de descuidar su casa y embellecer su jardín. Sí, he dicho *embellecer*. Quiere olores agradables y colores llamativos. Que sea bonito y perfumado». La bruja no pudo ocultar el asco que aquella imagen le provocaba.

No vas a sorprenderte si te digo que aceptaron el trabajo. Dos semanas sin vagar por los caminos era una oferta tentadora y, para quien sabe secar una flor y quemar una planta, no debería ser complicado hacer lo contrario.

Y así llegaron al hogar de la señora Olga Elizabetha Grimaldi, un espectro de edad imposible de determinar. La casa era hermosa, gracias a su avanzado estado de deterioro, y la vista del océano desde sus balcones era inmejorable.

¿Te gustaría conocer ese lugar? Pues aquí está.

Lo tienes frente a tus ojos.

5

La señora Grimaldi

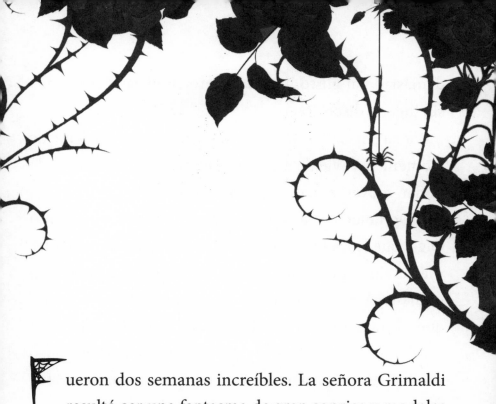

Fueron dos semanas increíbles. La señora Grimaldi resultó ser una fantasma de gran sonrisa y modales suaves. Todos los días, a las cinco de la tarde, los invitaba a simular tomar el té. En ese rato les contaba historias de su vida y de los tiempos en los que, junto a su marido, volaba de habitación en habitación.

Se encariñó especialmente con Bebé, y este con ella, con ese amor intenso que tienen los que no conocen límites. Solía pasar horas con la anciana, jugando a atrapar las arañas que entraban y salían de su largo cabello blanco.

Flora se ocupaba de mantener la casa sucia y Elanor manchaba cristales y practicaba melodías en el piano del salón. Más de una vez, la jovencita le preguntó a su anfitriona si quería desafinarlo, ya que sonaba demasiado al gusto humano, pero la anciana se negaba sin lugar a discusiones.

Por su parte, Ash se había convertido en el asistente de Doménico, el viejo jardinero, y lo ayudaba en la tarea de podar, mover la tierra y plantar flores.

—Doménico está aquí desde hace mucho —les contó Olga, que les había pedido que dejaran las formalidades y la llamaran por su nombre—. Es un espíritu, un nacido humano. Y un gran jardinero, aunque lo que haya sido que lo trajo a Otra Vida le dejó la memoria blanda y a veces no recuerda qué plantas regó o a cuáles les puso abono. Al principio no era un problema, pero fue empeorando. Por eso pedí ayuda, no podía permitir que mis rosales murieran. Lo que jamás imaginé era que el viento y la buena fortuna iban a traer hasta mi puerta a una familia tan amorosa.

—Estamos agradecidos —respondió Flora mientras Bebé aplaudía—. Aunque confieso que nos resulta extraño tanto esmero en el jardín.

La anciana se sirvió otra taza de nada antes de responder.

—Mi esposo adoraba el aroma de las flores, le recordaba su época de carne y hueso. Sí, él también fue humano. Fue dueño de esta casa y aquí murió, y por fin pudimos casarnos. Pero yo estaba enamorada de él desde mucho antes. Lo solía observar por las noches, mientras dormía —aseguró con timidez—. Luego falleció. Su asignatura pendiente lo mantuvo a mi lado hasta que un día… Bueno, ya sabéis.

—Oh… Vaya, lo lamento —susurró Ash.

—¿Qué le pasó a su esposo, señora Olga? —quiso saber Elanor.

—Lo que pasa con los espíritus, querida… Cuando logran cumplir sus asuntos pendientes, se abren las puertas finales. Y así partió a Próximo Lugar. Fue una despedida triste, pero nadie me quita los momentos compartidos. Me dejó el amor por los jardines vivos y por la música humana. Por eso me niego a desafinar el piano. Él solía decir: «Lo bueno de la belleza es que tiene muchas formas, y lo mejor es que no todas nos pertenecen».

A través de la pared, apareció la cabeza del jardinero.

—¡Ah! ¡Qué bien! ¡Mientras yo barro hojas secas, mi ayudante está aquí, tomando té y echando barriga! ¡Vamos, señor Ashley! ¡Que ese jardín no se va a arreglar solo!

—No te enfades con él, Doménico. Lo entretuve yo con mis viejas historias —respondió la señora Grimaldi.

El jardinero se mostró desorientado.

—¿Quién se ha enfadado? ¿Qué hago aquí?

Ash se puso de pie y le guiñó un ojo al resto.

41

—Vamos, don Doménico… que las hojas secas no se meten en bolsas por voluntad propia. Con permiso… —respondió, y atravesó la pared de un salto.

Las dos semanas pasaron a la velocidad de las cosas buenas y el jardín ganó en hermosura. Aún faltaban detalles, pero el trabajo más complicado estaba terminado. Los senderos quedaron libres de maleza y los canteros estallaban de color. Ash había trabajado duro y era justo reconocerle el esfuerzo, ya que lo obtenido se alejaba mucho de lo que él consideraba *bonito*. Él prefería los troncos con musgo y los hongos negros, pero no era el dueño del lugar. Si la señora Grimaldi quería flores frescas y hojas verdes, flores frescas y hojas verdes tendría.

El día final siempre es doloroso. El trabajo en la mansión se había terminado y era hora de partir.

En el comedor, Olga los esperaba de pie y con gesto grave.

Ash fue el primero en hablar:

—Olga… Nos gustaría agradecerle todo lo que ha hecho por nosotros.

La señora Grimaldi elevó la mano para interrumpirlo.

—Es triste decir adiós a un sitio como este, ¿verdad? —dijo la anciana.

Ash no pudo más que darle la razón. Olga continuó:

—Esta casa es demasiado grande para mí. Cuesta mucho mantenerla sucia y ya no tengo edad ni paciencia para empujar mesas y asustar intrusos.

Todos se quedaron con la boca abierta. ¿Qué estaba queriendo decir? Olga resolvió el misterio en la siguiente frase:

—Quiero que os quedéis con la casa.

Flora no pudo pronunciar palabra. De todas formas, hizo el esfuerzo:

—No… Olga… Es demasiado… No podemos aceptar semejante regalo…

—Esto no es un regalo. Es una bonita carga llena de obligaciones. La primera, mantener vivo el conjuro que sostiene la casa en pie. Sin eso, este lugar ya se habría derrumbado. ¿Creéis que podéis hacerlo?

—¡Claro que podemos! ¡Papá puede hacerlo todo! —aceptó Elanor, feliz ante la idea de quedarse.

Olga asintió, satisfecha.

—Bien. Lo segundo es cuidar de Doménico. El pobre aún tiene que descubrir su asunto pendiente. Él cree que es algo vinculado al jardín, por eso pone tanto empeño en terminarlo.

—Cuente conmigo —respondió Ash.

—Lo tercero es más difícil… —susurró la anciana—. Esta casa guarda un tesoro. Monedas de oro rescatadas de un galeón que se hundió en estas costas.

—¡Un tesoro! ¿Aquí? ¿En la casa? ¿Dónde?

—No lo sé. Encontrarlo fue la última tarea en vida de mi esposo, y alejarlo de las manos ambiciosas, lo último que hizo como espíritu —recordó Olga—. Dar con él no va a ser tarea fácil. Mi esposo lo protegió con un encantamiento que lo oculta tanto de humanos como de fantasmas, y solo quien resuelva el acertijo que lo custodia, será capaz de encontrarlo.

—Oh… —se lamentó Ash—. No soy bueno en eso de encontrar acertijos.

Olga Grimaldi rio con una carcajada pícara.

—No creo que el acertijo esté oculto. Nunca es complicado encontrarlos, lo difícil es resolverlos.

Aquello era demasiado incluso para ellos. Una cosa era un hogar bonito en el que asustar, y otra, que además escondiera un tesoro. En Otra Vida, las casas con secretos eran codiciadas. Ser dueños de un lugar así era todo un privilegio.

Una voz seca llegó desde la puerta.

—¿Otra vez intentando regalar la casa, abuela? Disculpad las tonterías que estáis escuchando… La mente de la señora ya no funciona como antes.

Todos giraron la cabeza y vieron que un fantasma joven, con expresión de desprecio, los observaba desde el marco de la puerta, estudiándolos uno por uno.

—¡Mi mente funciona mejor que la tuya, Vito! —vociferó la anciana. Era la primera vez que la veían enfadada—. ¡La casa me pertenece y puedo hacer lo que quiera con ella! ¡Es hora de que te esfuerces en conseguir tu propio hogar!

Ash y su familia se sintieron incómodos.

—Eh… ¿vamos a ver lo feo que le quedó a papá el jardín? —carraspeó Flora, intentando empujar al resto de la familia.

Pero nadie se movió. Ash miró a Vito con expresión desafiante mientras le hablaba a la anciana fantasma:

—Olga… ¿necesita que me vaya? Porque ya conozco el jardín de memoria.

La anciana sonrió. Bebé gateó y se abrazó a sus pies. Él también, a su modo, se sentía furioso con el recién llegado.

—No hace falta que te molestes, querido. Mi nieto ya dijo lo suyo, yo ya dije lo mío y ahora debemos preparar nuestro equipaje. Él tiene que aprender que las cosas hay que ganárselas con esfuerzo… una palabra que no está en su vocabulario.

Sin abandonar su sonrisa gélida, Vito habló con palabras venenosas:

—La que te vas eres tú, abuela. Hace tiempo que no estás en condiciones de provocar miedo. El Consejo de los Cuatro ya conoce esta situación, y va a venir a poner las cosas en orden.

—¿Usted sabe asustar, señor? —preguntó Elanor.

No había burla en su voz. A la niña le encantaba aprender técnicas de espanto y admiraba a los asustadores. Ella no dominaba ese talento aún. Le había costado llegar a ser empujadora, habilidad que le permitía cambiar objetos de lugar. Para ser una agarradora, para poder sostener objetos con sus manos, aún le faltaban años de práctica. Por eso prefería el piano: podía empujar las teclas sin esfuerzo y luego ellas solas volvían a su lugar, gentileza que no tenían ni las trompetas ni los violines.

Vito miró a la pequeña con impaciencia. ¿Así que le gustaban los sustos? Perfecto. El fantasma se transformó a la velocidad de un rayo en una versión mejorada de Bob el Ahogado. Todo estaba ahí. La piel verde, el cráneo blando, la boca abierta, los ojos ausentes, el cabello flotante.

Elanor borró la sonrisa de su rostro y levantó una ceja. Solo cuando Vito regresó a la normalidad, la fantasmita se rascó la cabeza con cierta desilusión y dijo en voz alta:

—Papá lo hace mejor.

No hubo argumento más contundente para la señora Grimaldi.

—Está claro que no puedo dejar este lugar en manos de alguien que no puede asustar ni a una niña. Nunca te interesó la casa, Vito. Lo único que quieres es el tesoro que tu abuelo ocultó, para malgastarlo con tus amigos. Si fuera por ti, demolerías este sitio para encontrarlo. Es hora de madurar, querido nieto. Algún día me lo agradecerás —sentenció Olga. Luego se dirigió a Ash—: La casa es vuestra. Solo os pido dos días para preparar ciertos detalles, y luego quedará totalmente en vuestras manos. Yo me iré a vivir con mi hermana, que tiene un alojamiento muy cómodo en un cementerio.

—No se preocupe, Olga. Cuidaremos de este lugar y honraremos su memoria y la de su marido.

Vito relajó el rostro. Luego habló, con calma y resignación.

—Tal vez tengas razón, abuela. Pido disculpas por mi conducta. Quizá dormir algunas noches al aire libre me ayuden a pensar. Además, el aire del mar me resulta de lo más irritante, prefiero la montaña.

—Disculpas aceptadas, señor —intervino Flora, con una sonrisa serena, aunque cautelosa—. No dudo que su abuela quiere lo mejor para usted.

—No es un mal muchacho —dijo la señora Grimaldi, observando a su nieto con reproche—. Fuimos demasiado indulgentes con él y no todas sus amistades son recomendables. En fin… regresad en dos días y todo estará preparado. ¡Que seáis felices entre estas paredes!

Dos días más tarde, en mitad de una noche oscura, Ash, Flora, Elanor y Bebé llegaron a la casa, en el filo de una tormenta. Abrieron la puerta trasera (no es que fuera necesario, pero les gustó hacerlo, casi como un símbolo) y entraron a la mansión sin saber que, por la puerta principal, una familia humana con un gato sobrealimentado y un gran manojo de llaves hacía lo mismo. Fue entonces cuando dos voces hablaron a la vez, con las mismas palabras y con los mismos deseos.

Fue entonces cuando comenzó la guerra.

6

El tapiz, el Hacha y los dos caballeros

Que ambas familias se encontraran, así como estaban las cosas, todos tan ansiosos y tan en el mismo lugar, era cuestión de minutos. Para ser exactos, de veintidós.

Si no ocurrió antes fue porque los fantasmas, recién llegados, se dirigieron al sótano, uno de los lugares favoritos de todo espectro que se precie. La casa tenía uno y era perfecto: sombrío, húmedo y sucio.

La verdadera razón de esta visita subterránea era mucho más que la de disfrutar de tan *bonito* espacio. Como nuevos dueños, su primer trabajo consistía en revisar la energía espectral que mantenía cada ladrillo en su sitio.

La señora Grimaldi tenía razón. Sin la ayuda del hechizo, la mansión ya se habría hecho pedazos. Los cimientos estaban gastados y podían escucharse, entre las grietas, las filtraciones del agua marina, hambrienta de hierro y cemento.

Ash y Flora susurraron fórmulas de sujeción, conjuros de solidez e invocaciones de reparación. Esta iba a ser, a partir de aquel día, una de sus tantas tareas, porque tener un hogar propio no es solamente elegir qué telaraña combina mejor con los hongos del techo.

Mientras tanto, arriba, los humanos curioseaban las habitaciones.

—Nada por este lado —dijo Wendy, saliendo de los dormitorios de la derecha.

—Pues por aquí todo es un asco... —opinó Iván, mientras Caligari lo seguía sin despegarse de sus pies.

Rubén tampoco tuvo suerte. Ninguna de las habitaciones estaba limpia.

—Tal vez el señor Piña se confundió y no era en el primer piso donde había que buscar... Vayamos al segundo.

—Yo creo que lo único que quería ese hombre era quitarse de encima este montón de polvo, papá —se arriesgó Iván, sin disimular su enfado. Si había algo que le ponía de mal humor, era tener sueño y no poder dormir—. Y lo consiguió. Vendió la casa, y ahora que se las arreglen los pardillos que la compraron. ¡Excelente, papá! ¡Eres un genio de los negocios!

Wendy supo que era el momento de una de sus intervenciones para preservar la paz familiar. Si no, la discusión iba a durar horas y todos iban a terminar durmiendo con las cejas apretadas. Ella también tenía motivos para desconfiar, pero prefirió no añadir más viento a la tormenta.

—Bueno… Todavía quedan dos pisos por revisar. ¿Quién viene?

De mala gana, Iván cargó a Caligari sobre su hombro y siguió a su madre. Rubén avanzaba unos pasos detrás de ellos. No iba a confesarlo, pero temía que su hijo tuviera razón. El lugar no se parecía demasiado a las fotos que habían visto.

Ni en el segundo ni en el tercer piso encontraron dormitorios limpios. Pero aún quedaba el desván por revisar.

Wendy subió por la escalera y encontró una puerta blanca. Movió el picaporte con recelo… y descubrió una habitación amplia y reluciente, con el techo a dos aguas, llena de cajas cerradas y muebles antiguos cubiertos por sábanas. No había camas, pero era un detalle menor.

—¡Al fin! —sonrió Rubén mientras el alma se le acomodaba otra vez—. ¡Desde estas ventanas se ve el mar!

Observaron a través de los cristales. Revuelto y ruidoso, el mar se extendía hasta convertirse en una mancha negra infinita. La vista durante el día debía de ser bonita, pero ahí, a esa hora y con ese clima, lo único que conseguía era encoger los corazones de los recién llegados. Iván, que no se había olvidado de que tenía sueño, no estaba dispuesto a permitir que la buena suerte del desván limpio suavizara su malhumor.

—¿Vamos a dormir de pie? Porque no veo camas.

—Tiene que haber colchones en alguna parte —respondió Rubén, señalando los bultos cubiertos que los rodeaban.

De un tirón, arrancó una de las sábanas y provocó una avalancha de libros viejos. Caligari corrió a esconderse bajo un armario. El ruido rebotó en todos los rincones de la casa, y no se detuvo hasta llegar al sótano.

—Eso no es un colchón, papá.

—Bueno, al menos no nos va a faltar lectura. Wendy, ayúdame, por favor.

Ambos se acercaron a un objeto enorme apoyado contra la pared, cubierto por una manta. Al descolgar la tela, vieron que era un gran tapiz.

Tenía tres paneles unidos con bisagras, como los biombos, y estaba pintado con gran cantidad de detalles.

—¡Mirad esto! ¡Qué bonito! —silbó Rubén, admirado.

Hasta Iván, pese a su esfuerzo por mantener el malhumor, tuvo que estar de acuerdo con su padre.

La imagen podía medir unos tres metros de ancho. En el panel del centro, un hacha medieval de doble hoja, pintada con tal destreza que se podía notar incluso el filo, flotaba en el aire sobre un cofre lleno de monedas. En el panel de la derecha, un caballero de armadura brillante soplaba hacia el hacha, en un esfuerzo por empujarla en dirección al personaje del otro extremo. Lo curioso es que su adversario era solo una armadura vacía, sostenida en el aire como si la vistiera un hombre invisible. El casco flotaba sin que cabeza alguna lo sostuviese.

De las bocas de ambos (la del caballero fantasma había que imaginar en qué lugar se encontraba) brotaban ondas hechas con pinceladas largas para representar los soplidos. Ambos intentaban empujar el arma contra su rival.

—¿Qué es esto? ¿Una pelea a puro pulmón? —preguntó Iván.

Wendy se acercó a mirar con detenimiento.

—Eso parece. Es como una competición para ver quién sopla más fuerte.

—¿Se podrá vender? Parece bastante antiguo —preguntó Rubén, sin dejar de mirar la imagen.

Iván se concentró en el guerrero inexistente.

—No hay nadie en esta armadura. ¿Se habrán olvidado de dibujarlo?

—No creo… Tal vez sea… ¡un fantasma! —El padre se abalanzó por sorpresa sobre el hijo, deformando el rostro en una mueca graciosa.

—¡Rubén! ¡Déjalo en paz, que después tiene pesadillas!

—Los fantasmas no existen, papá. ¿Podemos dormirnos ya? Estoy agotado.

Ash y su familia, que en ese momento espiaban a los humanos, se sintieron molestos. A los fantasmas no les gusta que duden de su existencia.

Llevaban algunos minutos observando sin decir palabra. Llegaron desde el sótano, alarmados por el ruido de los libros caídos, y se encontraron con la sorpresa de aquellos seres de carne revolviendo *sus* cosas.

—Además de invasores, son tremendamente maleducados —susurró Ash—. Está muy mal eso de meter las narices en las propiedades ajenas.

—No saben que la casa tiene dueño. Vamos a tener que explicarles cómo funcionan las cosas en este lugar a partir de ahora —razonó su esposa.

Ash sonrió. Él era bueno para esa clase de explicaciones.

El fantasma meditó un momento. Tal vez podría usar el disfraz del ladrón degollado o, mejor aún, el de Wellington Huesos Rotos. Huesos Rotos no fallaba. Justo entonces, Elanor le tomó la mano.

—Dejemos que descansen hoy, papá. Llueve mucho y se les ve agotados. Mañana por la mañana podemos llenarles las tazas del desayuno con arañas y morderles los pies.

Ash se sorprendió ante la compasión de su hija. ¿De dónde había sacado sentimientos tan horrendos? De él, seguro que no.

—Vamos, Ash. No cuesta nada ser amables una vez por siglo —asintió Flora. Otra vez, Ash abrió los ojos. ¿Compasión y amabilidad? ¿Pero qué estaba pasando en esa familia?—. Nosotros también tenemos que ocuparnos de nuestras cosas, hay que deshacer las maletas y alimentar a Beb… ¿Bebé? ¿Dónde está Bebé?

—Con Elanor —murmuró Ash.

—No, papi. Yo no… Creía que mamá lo tenía en brazos —dijo Elanor.

Flora ahogó un grito.

—¡Allí está! —exclamó, señalando a su hijo menor, que gateaba a toda velocidad—. ¡No me digáis que esta gente ha traído un…!

Sí, un gato. Un gato gordo y asustado. Bebé iba hacia él con la boca llena de burbujas. Caligari, con esa cualidad que tienen los felinos para percibir lo oculto, miraba hacia todos los rincones, alerta y con el pelo erizado.

Los fantasmas son invisibles la mayor parte del tiempo, pero los gatos y algunos perros tienen el don de verlos.

Por eso, cuando Caligari vio a esa criatura transparente avanzar hacia él, dio un salto descomunal, infló la cola y chocó contra un mueble, provocando una avalancha de cajas pesadas, muebles y cajones que cayeron sobre él y lo aplastaron.

—¡Caligari! —gritó Iván.

—¡Bebé! —aulló Flora, que atravesó la pila de objetos como quien se zambulle en una piscina.

Lo encontró con facilidad, abrazando al animal desmayado. Al mismo tiempo, el chico humano se abrió paso entre los libros y las maderas en busca de su mascota. Flora envolvió a su hijo entre sus brazos y se impulsó hacia arriba, hasta quedar cerca del techo. Pero, con la tensión del momento, la fantasma descuidó su transparencia. No fue mucho tiempo, pero sí el suficiente para que Rubén y Wendy vieran algo, no del todo visible ni del todo claro, que volaba en la parte superior del desván.

Lo que siguió a continuación fue un caos.

—¡Un murciélago! ¡Hay un murciélago! —gritó Rubén, y corrió a abrir la ventana para echar al animal volador.

Lo único que consiguió fue molestar a cuatro palomas que se refugiaban de la lluvia en la cornisa. Los pájaros, empujados por el viento, entraron en la habitación y volaron en círculos, atravesando los cuerpos de la familia fantasma una y otra vez en su desesperada carrera por escapar.

Wendy tomó una escoba y la sacudió en el aire para espantarlos. Mientras tanto, Iván sostenía a su gato, que poco a poco volvía en sí.

Los fantasmas entrelazaron sus manos y se arrojaron a las profundidades de la casa, huyendo de esas aves molestas y de esa escoba inquieta.

Caligari mordisqueó la mano de Iván.

—¡Uf! ¡Está bien! ¡No le ha pasado nada!

Y todos lo celebraron, sin saber (no podían saberlo) que sí había pasado algo. Caligari estaba bien, pero el terrible golpe sobre su cabeza se había cobrado una de sus siete vidas. Ahora, al gato solo le quedaban seis oportunidades para escapar de la muerte, lo cual no estaba nada mal, sobre todo teniendo en cuenta que, a nosotros, los humanos, con una vez nos llega para terminar como Doménico o como el buen marido de la señora Grimaldi.

Los gatos son animales con suerte. Caligari, incluido.

7

Otra vez, el anfitrión

Entiendo tu desconcierto. No conoces la tensa relación que hay entre palomas y fantasmas. Déjame explicarte: a un fantasma puedes quemarlo, arrojarle agua helada, intentar cortarlo en rodajas o aplastarlo y lo único que obtendrás de él es una sonrisa.

Pero las palomas… ¡Ay, las palomas! Los fantasmas odian las palomas. Y las palomas adoran a los fantasmas. Atravesarlos es, para ellas, una fiesta de frescura y bienestar. Como tomar un baño en un día de calor. ¿Nunca has notado cuando, de pronto, toda una bandada de palomas que descansan en el suelo sin temor a niños o perros, agitan las alas y alzan el vuelo todas a la vez? Pon atención la próxima vez que eso ocurra. Si lo hacen, es porque un fantasma tuvo la mala idea de aparecer delante de ellas.

Para los espectros es desagradable. Esos animales repentinos les provocan, con sus alas y sus garras y picos, unas vibraciones chirriantes en el cuerpo, y los dejan con un temblor que no se calma hasta pasado un buen rato. Por eso, en las viejas mansiones, los humanos permiten que las palomas aniden en sus techos. Una medida inteligente; si hay palomas, los espectros se lo piensan dos veces antes de invadir.

Lo cierto es que, como habrás podido notar, el primer encuentro entre ambas familias no fue nada amistoso.

¿Disfrutas de la historia? Me alegro. De momento, nada grave ha pasado. Dos familias, un hogar, un mismo deseo y un mal comienzo. Pero ¡cuidado! Los grandes incendios, a veces, empiezan con chispas que parecen insignificantes.

Aquí vamos a encontrar varias. Tal vez la primera haya sido la terrible ofensa de las palomas (Ash no dudaba de que los humanos lo habían hecho a propósito) o el derrumbe que le costó una vida al gato. Tal vez haya sido, y no es un detalle menor, el desacuerdo silencioso entre las familias acerca de si las telarañas son un objeto de arte o una porquería que hay que eliminar a golpe de plumero.

Pero, si me preguntas, creo que lo que originó el gran incendio fue la visita de los Cuatro. Llegaron en silencio y

64

se fueron de igual forma, dejando el ánimo del orgulloso Ash y el de su familia aún más hundido que el sótano, si es que eso era posible.

A partir de ese día, la mansión se convirtió en un campo de batalla. Ambas familias estaban dispuestas a todo. Los humanos habían invertido todos sus sueños en esa casa y no creían posible el lujo de retroceder. Los fantasmas, por su lado, necesitaban que ese techo fuera suyo para seguir existiendo.

Como en el tapiz: de un lado los guerreros vivos; del otro, los espectrales. Ambos soplando, buscando librarse del enemigo y quedarse con el premio.

Así empezaron las cosas, y si preguntas quién era el dueño de la razón, déjame decirte que ambos la tenían. Ambos padres eran decididos y buscaban lo mejor para sus familias. Y precisamente por eso, no estaban dispuestos a ceder.

Creo firmemente que esa fue la causa de todos los problemas. Incluso, más que las palabras de los Cuatro.

Los Cuatro

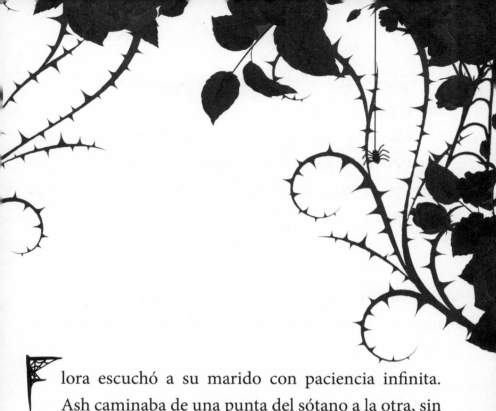

Flora escuchó a su marido con paciencia infinita.

Ash caminaba de una punta del sótano a la otra, sin importarle que una mesa lo atravesara a la altura de la cadera en cada uno de sus paseos.

—¡Esas palomas endemoniadas! ¡Las tenían preparadas para atacarnos!

—Ash… no tenían forma de saber que estábamos ahí… Si Bebé no hubiera salido corriendo detrás de ese gato…

—¿Eso es un problema? ¡Bebé adora a los animales! ¡No es ninguna novedad! ¿Alguna vez ha hecho daño a alguno?

—Bueno… Este ha perdido una vida…

Ash hizo un gesto como para restarle importancia al comentario.

—Tampoco es que las fuera a usar todas. No lo va a matar perder una.

Toda la noche fue así. El padre, furioso; la madre, compañera; y la hija, dormida junto a Bebé, que no por ser un fantasmita inquieto se privaba de un rato de descanso.

El amanecer iluminó la casa con un sol tardío. La tormenta había quedado atrás y el día llegaba despejado y claro.

En el desván, Rubén se despertó y estiró los brazos. Un crujido le sacudió la espalda. Ya no tenía edad para pasar la noche en esos incómodos sacos de dormir que habían sacado de la furgoneta.

—¡Buenos días, familia! ¿Qué tal habéis descansado?

Wendy murmuró algo incomprensible, hundida entre las mantas. Iván ni se movió. Desde el saco del menor de la familia, Caligari espiaba sin atreverse a salir del todo, atento a la aparición de aquella terrible criatura que lo había estrujado horas atrás.

El padre se vistió y miró el tapiz de los caballeros. Tuvo la sensación de que el hacha se había movido. Ahora la veía más cerca de la armadura fantasma, como si el guerrero humano hubiera soplado con fuerza y estuviera ganando la partida. ¿Era posible? No. Era un tapiz, y las cosas no se mueven en los tapices.

Bajó a la cocina y preparó café. Después caminó por el salón principal. La luz del día le permitió apreciar todo con mayor detalle. Allí seguía el equipaje sin deshacer. Y todo lo demás.

No había sido una pesadilla. La suciedad, las paredes húmedas, el techo con manchas, las maderas astilladas, las telarañas... Ese lugar era capaz de destrozarle el ánimo a cualquiera. Convertirlo en algo decente iba a llevar tiempo y dinero. Tendrían que trabajar sin descanso, porque, cuando llegase el verano, el hotel debía estar preparado para recibir a sus huéspedes.

Pero Rubén era de los que creen que se pueden sacar peces del desierto. Contaba con la gran ayuda de su esposa, y le hubiera gustado decir que también con la de su hijo; pero, por ahora, Iván no parecía ser el mejor socio en la aventura. El cambio de vida le había puesto el humor a la altura de los tobillos y le había llenado la garganta de desgana y resoplidos.

Observó el mar a través de la ventana. Era hermoso. Imaginó a los turistas con sombrillas y canastas, y las ventanas vestidas con cortinas blancas y las habitaciones pintadas de colores alegres. Optimista, levantó su taza y no pudo evitar decir en voz alta:

—¡Este lugar va a ser el mejor hotel de la costa!

Rubén no sabía que Ash flotaba a su lado con expresión de fastidio. El fantasma se sintió tentado de volcarle el café o de aparecer frente a él como el Pescador Sin Piernas (un recurso aterrador), pero le había prometido a Flora que no iba a mover un dedo contra los intrusos hasta que decidieran, en reunión familiar, los pasos a seguir. Estaba preocupado. Él también había notado el cambio en el tapiz. No terminaba de entender cómo funcionaba aquella tela, pero sospechaba que el hacha pintada, cerca de la armadura vacía, no presagiaba nada bueno.

Con una voltereta suave (aunque era invisible, un movimiento brusco podía alborotar el polvo y eso siempre era revelador), se hundió en el suelo. Ya no había dudas: los vivos tenían la intención de quedarse. Pudo encontrarle la parte positiva a la noticia: iba a poder impresionar a su hija con algunos de sus talentos. Y hasta podría enseñarle algo de utilidad. Aterrar a los de carne era mucho más que tocar acordes en el piano con la mano izquierda.

Entró en el sótano. Primero vio a Flora, rígida, con Bebé detrás de sus piernas. A su lado estaba Elanor, con los ojos muy abiertos. No tuvo que mirar mucho más para entender lo que pasaba. Él mismo sintió un temblor que le empezó en la nuca y le terminó en donde sea que se termine un fantasma.

En el medio de la habitación, flotaban cinco espectros. Vestían una ropa hecha jirones, con capuchas que les ocultaban el rostro, y medían, por lo menos, dos metros y medio. Sus voces brotaban desde algún lugar oscuro, sin necesidad de una boca que formara las palabras.

—Te esperábamos, Ashley Lunasangre Tercero, ahuyentador de vivos y líder y protector de esta familia —dijo, tal vez, el espectro del centro. Quizá fue el de la derecha, no había forma de saberlo.

Flora no pudo reprimir el descontento. «Líder y protector de esta familia», como si ella fuera papel pintado... Notó cómo Ash inflaba el pecho. A su marido le encantaba el papel de salvador del universo, pero no era momento de medallas. Si el Consejo de los Cuatro había llegado sin previo aviso, tenía que haber un motivo. Uno bastante serio.

—¡Bienvenidos sean, Horrores! Que siembren gritos a su paso durante soles y lunas —saludó Ash, con una reverencia.

—Y que la sangre se congele en los corazones que laten —completaron las cinco apariciones, cerrando el ritual—. Te preguntarás por qué los Cuatro te visitan, Ashley Lunasangre Tercero.

Elanor se inclinó hacia su madre, mientras murmuraba.

—Mami... son cinco. ¿Por qué dicen cuatro?

—Shhh... —respondió Flora, que tenía la misma duda.

—Confieso mi curiosidad, Altísimos Espantos. Ver aquí a sus... —Ash dudó en la elección de la palabra—... cuat... cinc... sus presencias, me intriga.

—Pues no será la última vez que ocurra —dijo otro de los espectros, tal vez el segundo—. Hemos escuchado rumores alarmantes, ¿es cierto que eres el nuevo amo de este lugar?

—Lo soy. La anterior propietaria nos cedió la casa.

Los espectros asintieron.

—Ya nos hemos enterado del generoso acto de la señora Grimaldi. También sabemos que hay humanos viviendo bajo este mismo techo.

Ash se puso pálido, si es que eso es posible en un fantasma.

—Una situación que está casi solucionada —balbuceó—. Llegamos anoche, al mismo tiempo que ellos. Hoy mismo vamos a decidir qué hacer.

Uno de los espectros se inclinó hacia delante, cerrando el puño. Su voz retumbó como si un trueno hubiera estallado en la sala.

—¿Qué hacer? ¿Dudas sobre eso? ¡Solo hay una cosa que hacer! ¡Obligarlos a huir en medio de lágrimas y gritos, con el miedo reflejado en los ojos y en el llanto!

¡Espantarlos! ¿Quieres esta casa? ¡Sé digno de ella! ¡Es ofensivo que los Cuatro tengamos que venir a recordarte tus obligaciones!

—Cinco… —susurró Elanor.

—Cuando el sol caiga, los humanos saldrán huyendo —prometió Ash. Temblaba ante la idea de que el Consejo desconfiara de él—. Mi familia practicó la extraña costumbre de la compasión al permitirles pasar la noche aquí, pero conozco mis deberes y estoy dispuesto a cumplirlos.

Las apariciones flotaron por un instante sin emitir sonido. De alguna forma, parecía que discutían entre ellos. Por fin, uno (¿cuál?) habló.

—Entendemos que tu llegada es reciente y que aún no conoces los rincones de la casa. Debe establecerse una relación entre estas paredes y vosotros. Por eso, por esta única vez, seremos compasivos. Tenéis ocho días. Ni uno más. Una semana entera para conseguir humanos aterrados y a la fuga.

—Una semana no tiene ocho días —volvió a murmurar Elanor.

—Nuestras leyes son claras al respecto: «Todo fantasma debe ganarse el techo en el que vive». Es fundamental que los humanos sean puntos lejanos en el horizonte, y esto se logra causándoles terror. ¡Que los relatos de las casas encantadas nunca mueran! Cadenas oxidadas, sangre en las paredes, mocos brotando de los grifos, objetos que se mueven sin explicación, puertas que se abren solas, huesos saltarines en la cama… Elige tú la forma. Dentro de una semana exacta, volveremos. Si no has logrado cumplir con tu tarea, tú y tu familia seréis expulsados y flotaréis por los caminos hasta ser olvidados. Ocho días, Ashley Lunasangre Tercero. Una semana. Ni un minuto más.

Los cinco espectros se irguieron todo lo altos que eran.

—El Consejo ha hablado. Recupera tu dignidad, ahuyentador. La misión es simple: espanta a los que respiran y la casa será tuya. Cuida tu prestigio y a tu familia. No corren tiempos para buscarle el cuarto pie al gato.

Elanor, harta, preguntó entre dientes qué problemilla con los números tenían los del Consejo, y Bebé, al escuchar algo sobre un gato, se animó y comenzó a aplaudir.

Cuando volvieron a mirar, los espectros habían desaparecido. Solo quedaba aire helado y arañas sorprendidas.

Flora se dirigió a su esposo sin ocultar el temor en sus palabras:

—¿En serio pueden echarnos?

—Eso no va a ocurrir —la tranquilizó Ash—. No hay de qué preocuparse, yo me encargo.

Pero, claro, en esta historia, como en la vida, las cosas no siempre salen como uno las imagina.

9

Ojos que espían

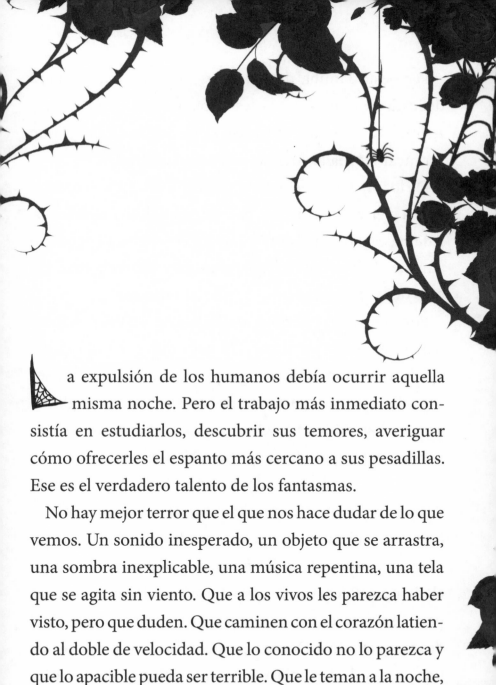

a expulsión de los humanos debía ocurrir aquella misma noche. Pero el trabajo más inmediato consistía en estudiarlos, descubrir sus temores, averiguar cómo ofrecerles el espanto más cercano a sus pesadillas. Ese es el verdadero talento de los fantasmas.

No hay mejor terror que el que nos hace dudar de lo que vemos. Un sonido inesperado, un objeto que se arrastra, una sombra inexplicable, una música repentina, una tela que se agita sin viento. Que a los vivos les parezca haber visto, pero que duden. Que caminen con el corazón latiendo al doble de velocidad. Que lo conocido no lo parezca y que lo apacible pueda ser terrible. Que le teman a la noche, a la ropa sobre las sillas, a las puertas entornadas, a lo que vive detrás de las cortinas. Eso es el miedo.

Pero esta familia de espectros no tenía tiempo para delicadezas. Los Cuatro les habían dado ocho días, y Ash había decidido ahorrarse siete. Según él, había que arrancar las malas hierbas en cuanto asomaran.

De lo único que debían cuidarse era del gato. El animal podía verlos y, con un par de maullidos, delatarlos. Además, no querían correr riesgos con Bebé. El pequeño aún no dominaba su transparencia y aparecía ante los ojos de las personas sin control y sin motivo.

Por suerte, los nervios de la noche anterior habían dejado agotado a Caligari. El gato durmió todo el día sobre un almohadón, así que pudieron moverse sin ser descubiertos. Se repartieron las tareas: cada uno vigilaría a un humano diferente. Que el techo se mantuviera sobre sus cabezas dependía de que lo hicieran bien.

Ash fue el menos afortunado. Rubén preparó el desayuno y se fue al pueblo. Volvería al atardecer, con botes de pintura, pinceles, productos de limpieza, madera y pizza. De todas formas, el fantasma no perdió el tiempo. Recorrió la casa, buscó posibles escondites para ese tesoro esquivo, miró con recelo el tapiz del desván y ayudó a Doménico a eliminar los pulgones de unas rosas. El jardinero sonreía al aplastar los insectos mientras comentaba lo poco que faltaba para que su tarea quedara terminada.

A Flora le fue mejor. Fue la sombra de Wendy. La humana recorrió la casa poniendo orden por todos los rincones. Sacudió el polvo, sacó telarañas y dejó el cuarto de baño digno de ser usado. Le dio indicaciones a Iván acerca de qué mover, qué levantar y qué tirar a la basura, cosa que el muchacho obedeció sin protestar. Un raro milagro. Después de un almuerzo rápido, le dio permiso para bajar a la playa, porque no todo es trabajo en la vida y un rato de diversión y olas siempre es buena recompensa para un hijo obligado a un destino nuevo.

Al fin sola (al menos, eso era lo que creía), Wendy se permitió su propio premio. Rescató una caja de madera que estaba enredada entre el equipaje y, con una sonrisa en los labios, la abrió. Flora, que levitaba sobre su cabeza, pudo ver que la caja contenía lienzos, pinceles, óleos, acuarelas, un atril desarmado y una paleta de pintor. «Así que una artista, ¿eh? Esto va a ser fácil», pensó, también con una sonrisa, aunque distinta a la de la humana. El espanto artístico se le daba bien: cuadros que cobraban vida, pinceles que escribían mensajes amenazantes o, directamente, la poco elegante, aunque efectiva, explosión de témperas y acrílicos.

Wendy colocó el atril cerca del ventanal del gran salón y se esmeró, con habilidad, en una serie de trazos a carboncillo sobre un lienzo blanco. Poco a poco, el dibujo fue cobrando forma: una mujer sentada sobre unas rocas, con un brazo levantando y un mar embravecido, al fondo, golpeando contra el acantilado.

Flora se sorprendió ante el talento de la humana. No tuvo dudas: el ataque de la noche, en lo que a ella le correspondía, iba a ser por el lado del arte. Así lo decidió mientras regresaba al sótano con algo de moho para el almuerzo de Bebé. Por la tarde regresó a espiar el progreso del cuadro. Lo que vio entonces, en esos trazos avanzados, fue algo que le habría paralizado el corazón si hubiera tenido uno.

Por su parte, Elanor se encargó de Iván. El joven corrió hacia la playa con la vieja tabla de surf que había sacado de la camioneta y con la extraña sensación de que alguien lo seguía. No estaba equivocado; la fantasma iba tras él, escondida (pese a ser invisible) entre las piedras del camino. Por la mañana se había aburrido muchísimo viéndolo aburrirse. Aprovechando que el muchacho estaba ayudando a su madre, Elanor revisó su equipaje. Con la excepción de algunos libros de ejercicios de piano (qué bien, un amante de la música como ella) y algunos tebeos, no encontró nada interesante entre sus cosas. La fantasma se sintió molesta. Quería ganarse el aplauso de su padre, pero ese humano no le ofrecía nada útil para trabajar. Trató de no preocuparse. Era pronto, aún quedaba tiempo para encontrar los miedos de aquel intruso.

En la playa, la marea estaba alta, y las olas, inquietas. Iván se puso su traje de neopreno, cogió la tabla y corrió hacia el mar.

Elanor se sentó sobre una roca, lejos del agua. Hay quien dice que el agua marina es mortal para los fantasmas. Otros opinan lo contrario, usando como argumento la cantidad de barcos fantasma avistados a lo largo de la historia. Grave error: toda aparición que se ve en alta mar corresponde a espíritus y no a fantasmas. Esas naves condenadas son producto de naufragios, y todo ser que se vea en cubierta fue humano en algún momento.

La verdad sea dicha: el agua salada no mata a los fantasmas, pero les provoca una quemazón insoportable. Si una paloma ya les alborota el ectoplasma, las olas del mar, con movimientos mucho más violentos que las alas de un ave, les produce algo similar a cientos de cangrejos pellizcándoles el cuerpo.

La niña fantasma observó al chico nadar, deslizarse y caer, para luego resurgir a carcajada limpia. Durante tres horas, Iván fue alegremente vapuleado por el océano, hasta que regresó a la orilla y se durmió bajo una palmera. Una ola, más atrevida que las demás, trepó por la arena hasta mojarle los pies y comenzó a arrastrar la tabla en dirección al mar. Elanor abandonó de un salto su roca y, pese al ardor que sintió cuando el agua rozó su mano, detuvo la tabla y la empujó de vuelta junto al humano.

La fantasmita volvió a la mansión, no sin antes lanzar una mirada al océano. ¿Cómo sería nadar? ¿Por qué los vivos lo disfrutaban tanto? ¿Por qué reían cuando se zambullían en el agua? Preguntas que nunca podría responder. Y para una fantasma tan curiosa, no era algo fácil de aceptar.

—¡Hija! Te estábamos buscando —escuchó decir a su padre en cuanto entró en el sótano—. El sol está a punto de caer y hay mucho que planificar. ¡Hay trabajo hasta para Bebé!

Bebé soltó gorjeos de felicidad. Le gustaba que lo mencionaran, aunque no entendiera nada de lo que decían.

—Tenemos tiempo, Ash —comentó Flora mientras se cambiaba de ropa. Con solo pasar la mano sobre su cuerpo, transformaba telas con volados esponjosos en vestidos antiguos y sucios o túnicas desgarradas y mohosas—. Deberíamos estudiarlos con más detalle. Creo que con un par de días más sería suficiente, el hombre no estuvo en todo el día y la mujer...

—¡La mujer! ¿Qué has podido averiguar de ella? —se entusiasmó su marido.

—Nada. Se aburre, limpia y pinta tonterías —respondió sin más.

Elanor ladeó la cabeza, extrañada. Su madre estaba mintiendo.

—¿Y tú, hija? ¿Algo útil sobre tu víctima?

La fantasmita miró a Flora. En otra circunstancia le habría contado con entusiasmo lo referido a los libros de piano o a la felicidad del humano frente al mar, pero decidió seguir el juego de su madre. Si había mentido, algún motivo tenía que tener. Así que, mientras le clavaba la mirada, simplemente mencionó:

—Típico humano sin internet. Se aburrió, sacudió algo de polvo y nadó un rato en la playa. Nada más.

Ash pareció contrariado. No había sido un día muy productivo, iban a tener que improvisar.

—Bueno, entonces iremos a lo clásico. Hija, hay un piano en el comedor, todo tuyo. Flora, si la humana pinta, para ti el horror de arte o como se llamen esas cosas que sueles hacer. Hay que destrozar su trabajo. Manchas, roturas, desgarros. Bebé, el gatito es cosa tuya. Un gato asustado siempre ayuda a que todo sea peor. Del resto me encargo yo… —ordenó, mientras hacía crujir sus dedos y sonreía.

El ruido de un motor interrumpió sus palabras. Rubén había regresado del pueblo.

—¡El humano ha vuelto! ¡Preparaos! ¡Ya sabéis lo que tenéis que hacer!

Y, diciendo esto, Ash se hundió en la pared, listo para preparar el escenario.

Flora levantó a Bebé, que jugaba con una cucaracha. Elanor se acercó a su madre y ambas guardaron silencio. No duró mucho. La fantasmita no podía quedarse callada mucho tiempo, y menos con tantas preguntas por hacer.

—¿Qué acaba de pasar, mamá?

—Nada. ¿Por qué me preguntas eso?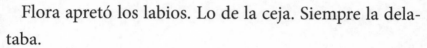

—Levantaste una ceja.

Flora apretó los labios. Lo de la ceja. Siempre la delataba.

—¿Se ha notado mucho?

—Yo sí lo he notado. Papá estaba demasiado metido en su mundo como para darse cuenta. ¿Cuál es el problema?

Flora tardó en elegir las palabras. No quería que su hija pensara que estaba en contra del Consejo de los Cuatro o de las leyes fantasmales o que no era importante para ella tener un hogar, pero tenía que confesar lo que había visto.

—Es que… esa mujer… pinta cuadros…

—¿Y qué?

—Pude ver lo que hacía. He tenido que mirarlo varias veces y, aun así, no podía creerlo…

—Entiendo… ¿Y por qué has mentido?

—Es que… me estaba pintando a mí.

10
El anfitrión
sabe muchas cosas

¿ uieres que nos acerquemos a la verja de la entrada? Es un delicado trabajo, con todos esos ornamentos y esas flores de hierro y hojas de metal. El tiempo y la sal las maltrataron, pero, aun así, mantienen su esplendor.

¿Lo de Flora y su ceja? Un gesto involuntario. Flora levantaba una ceja cuando mentía. Pero contar la verdad, después de lo que había visto, iba a traer más complicaciones que intentar el engaño. La situación era incómoda para ella: por un lado, los Cuatro y sus órdenes; pero, por el otro, la pintura de Wendy.

Debes saber que algunos humanos poseen una sensibilidad especial. Perciben presencias sobrenaturales, se asoman a mundos ocultos o huelen a los fantasmas con la misma facilidad con la que tú hueles el aroma del jardín.

Lo cierto es que la mujer había trabajado sobre el lienzo con una energía que no reconocía como propia. Su mano se movía con agilidad e independencia. La fantasma pudo ver cómo el dibujo tomaba forma y cómo el rostro dibujado se convertía en el de ella. Idénticas, como si Wendy la estuviera retratando. Así funciona esto, aunque nadie lo comprenda. Muchos lo llaman *inspiración*; otros, *talento*; y otros, *impulso*. Wendy, sin haber visto nunca a Flora, la había dibujado.

¿Eso cambiaba las cosas? ¡Para nada! Los humanos tenían que irse. Pero Flora quería ver el cuadro terminado. Quería verse en color. Los fantasmas no se ven a sí mismos en color porque no tienen. Verse en aquella pintura con las mejillas rosadas iba a ser toda una novedad para ella.

El mundo de los fantasmas es complejo. Viven mucho más tiempo que los humanos, se enamoran, estudian, trabajan, forman familias y cuidan de los suyos igual que vosotros. Adoran la noche y sus criaturas, y detestan las palomas, ciertos olores, el agua del mar y las luces fuertes. Pueden encontrar belleza en las mariposas nocturnas, en el aullido del lobo y en las formas en las que se mueve la bruma sobre los cementerios. Pero que todo esto no te confunda: su existencia es mucho más que provocar miedo en los humanos. Su trabajo es más complejo. Son guías para los espíritus nuevos, son consuelo y apoyo para las almas desorientadas que buscan llegar a Próximo Lugar. Es pronto aún para hablar sobre esto, pero lo haremos.

Lo que debes saber ahora es que la noche estaba llegando, y la familia humana se reunió en el salón principal, con novedades, ideas y cajas de pizza listas para compartir. Estaban cansados, pero el olor de la comida, sumado a una casa algo más habitable, los había animado. Hasta Iván parecía de mejor humor.

Mientras cenaban, volvieron a conversar usando verbos en futuro, algo que siempre ayuda a la esperanza. Hablaron del hotel, de sus posibilidades y de sus hallazgos, y decidieron qué arreglar primero y qué mejorar después. Todo ello envuelto en cierto tono de ilusión, sin sospechar el horror que iba a desatarse en unos pocos minutos.

Porque lo que ocurrió esa noche fue espantoso. Y movió el hacha en el tapiz.

Esta vez, a favor de los fantasmas.

11

¡Fuera de aquí!

No fue Caligari quien provocó los sonidos del piano. El gato estaba en el sofá, encogido por el espanto y con las uñas enterradas en la tapicería.

Sin embargo, los acordes graves llegaron a los oídos de todos. Se quedaron paralizados, con la pizza en pausa y los labios llenos de preguntas.

Sacando valor de la curiosidad, Iván se acercó con cautela al instrumento. Las teclas estaban quietas. Apoyó una mano sobre ellas e hizo sonar un par de notas. Hubo un breve silencio. Y luego, el instrumento repitió el sonido, como si fuera un eco. Las teclas se hundieron solas, sin dedo alguno que las presionase. El chico retrocedió, derribando la banqueta con las piernas.

—¿Qué ocurre, Iván? —preguntó desde lejos su padre, que prefirió enfadarse a asustarse.

—El… piano… Funciona solo…

—Eso no es posi…

Pero una melodía de sonidos fuertes, de puñetazos violentos sobre las teclas, lo interrumpió e hizo vibrar los ventanales. Toda la familia se puso de pie.

De pie, frente al teclado blanco y negro, invisible, Elanor sonreía mientras golpeaba las notas. Su padre iba a estar orgulloso de ella.

Pero, por el rabillo del ojo, pudo ver que Iván se acercaba, fascinado, sin dejarse vencer por el miedo. Llegó hasta el punto de acercar la banqueta de pianista e intentar repetir (con escasa habilidad, todo hay que decirlo) parte de lo que Elanor interpretaba. La fantasma sintió una mezcla de rabia y desconcierto. Se suponía que el humano tenía que salir corriendo y no seguir ahí, jugando a interpretar a cuatro manos.

Fue entonces cuando empezó el ataque. Una de las cajas de pizza se elevó en el aire y comenzó a girar sobre sí misma a velocidades de locura, salpicando a los vivos con queso derretido, tomate y aceitunas. Wendy soltó un grito mientras se cubría el rostro con las manos. Rubén lanzó al suelo su porción al verla invadida por gusanos gordos y amarillos. Los espejismos de bichos siempre funcionaban.

—¡Iván! —gritó Wendy mientras corría hacia la salida—. ¡Nos vamos! ¡Rápido! ¡Coge todas las maletas que puedas!

Pero el equipaje familiar, que aún esperaba a ser colocado, se abrió como una caja de sorpresas y expulsó ropa y calzado en todas las direcciones, sin control ni elegancia. Bebé se lo estaba pasando de lo lindo. Pocas actividades le gustaban más que desordenar y lanzar cosas al aire. Ash aulló de felicidad, en medio de sus malabares con pizza, al ver a los humanos huir. Todo estaba siendo más simple de lo que había pensado.

—¡El cuadro, querida! ¡Terror artístico! ¡Ya casi están fuera de la casa!

Flora se deslizó hasta el atril donde estaba el cuadro con las primeras pinceladas de color. Destapó algunos óleos, lista para arruinar el lienzo, pero se detuvo. Desde la puerta y pese al miedo, Wendy pudo ver cómo algunas de sus pinturas bailaban en el aire, indecisas, frente a su trabajo.

Flora dudaba, y Ash pudo notarlo.

—¡Esposa! ¡Venga! ¡Terminemos con esto!

Pero la única reacción que obtuvo fue que ella apretara los tubos de pintura con una suavidad incomprensible (apenas brotó algo de azul y de amarillo de un par de ellos) y que arrojara con desgana una lata llena de pinceles, que cayeron al suelo sin demasiado escándalo. Caligari, que intentaba huir de Bebé, causaba más estropicios que ella.

Ash no podía creerlo. ¿Por qué su esposa no hacía su parte? La había visto realizar maravillas en otras ocasiones. Decenas de objetos volando a la vez, gruñidos que congelaban el aire, rostros brotando de las paredes como si fueran de arcilla… Pero allí, en ese momento, cuando más la necesitaba, solo unas gotas de pintura en el suelo y tres pinceles desparramados.

Ash se acercó a Flora. Fue ver y entender. El rostro de Flora lo miraba por partida doble, y ambas, la de la tela y la real, tenían la misma expresión.

—¿Dejaste que la humana te percibiera? ¿Cómo pasó eso, Flora? ¡Solo hay una cosa que tenemos hacer y es espantarlos! ¡No que nos pinten! —vociferó el fantasma con los dientes apretados.

Las luces del comedor comenzaron a brillar más, gracias a la energía de su furia. Algunas estallaron, esparciendo trozos de vidrio por toda la estancia. El pobre gato, trastornado por los brillos, la música, el bebé fantasma y las explosiones, saltó a través de la ventana que daba al acantilado, sin imaginar que lo único que había al otro lado era una larga caída hasta el agua.

Pobre Caligari. Una vida menos.

Por suerte, aún le quedaban cinco.

Iván corrió hacia sus padres. Todos se abrazaron, aterrados ante aquel espectáculo demencial.

Flora no se quedó callada. Se sentía molesta por la acusación.

—¡Como si pudiera controlarlo, Ashley! ¿Acaso es culpa mía que ella pueda percibirme?

Elanor dejó el piano y voló junto a su madre. Bebé, mientras tanto, jugaba con la pintura derramada y hacía monigotes en el suelo.

—¡Las leyes del Consejo son muy claras cuando dicen que…! —bramó la voz de Ash.

Pero, a pesar del tono de su marido, Flora se animó a interrumpirlo.

—¡Las leyes del Consejo son ridículas! ¡Nos obligan a espantar a los vivos para luego pasarnos una eternidad rogando que regresen y así ahuyentarlos otra vez! ¡Menuda estupidez!

La boca de Ash se abrió en una mezcla exacta de asombro, incredulidad y desencanto. ¡Su propia esposa desafiaba las tradiciones más sagradas de Otra Vida! Y ya no pudo evitarlo. Comenzó a brotar de su cuerpo un humo negro (visible tanto para humanos como para fantasmas), que en un parpadeo se transformó en un tornado siniestro y desbocado.

—Papá… —intervino Elanor—. Si lo piensas un momento, mami tiene algo de…

Pero era tarde.

Mientras el tamaño de Ash se duplicaba, mordió cada una de las palabras que salían de su boca para hacerlas más feroces:

—¡No voy a perder este lugar solo porque creáis que nuestras leyes son ridículas! —Y, sin más, cogió el cuadro de la mujer con ambas manos y lo destrozó, haciendo astillas el marco y desgarrando la tela.

Wendy gritó y Rubén e Iván la abrazaron aún más fuerte.

El viento mágico que había comenzado a soplar dentro del salón aumentó hasta lograr velocidades huracanadas.

—¡Tenemos que irnos, papá! —gritó Iván.

Ash se permitió una sonrisa: el humano más joven era el más sensato de todos los que ahí estaban, incluida su propia familia. Pero fue la respuesta del mayor, mientras su esposa y su hijo lo empujaban hacia la salida, lo que le hizo explotar. El hombre levantó un puño hacia la nada (o hacia donde suponía que estaba el culpable de todo) y gritó:

—¡Esto no va a quedar así! ¡No me vais a echar de mi casa!

La insolencia de esa bolsa de carne fue la gota que colmó el vaso. ¿Un vivo se atrevía a amenazarlo? ¿Delante de su familia? ¿A él? Ash lanzó los restos del cuadro a centímetros de la ventana por la que Caligari se había precipitado. Mientras hacía que los tubos de pintura explotaran, transformó su rostro en el de la Furia de los Ocho Infiernos y Medio y se hizo visible. La frente llena de cuernos, los ojos llameantes, los colmillos desmesurados y la nariz ganchuda provocaron el efecto deseado: los vivos huyeron hacia su camioneta, pisoteando en su fuga las flores que Doménico tanto se había esforzado en plantar.

—¡Fuera de aquí! ¡Ni esta casa ni su tesoro os pertenecerán nunca! ¡Nunca! ¡No volváis! —vociferó Ash.

El fantasma regresó a su tamaño normal y el humo y el viento cesaron. Su esposa lo miró con fastidio. Elanor, en cambio, con un brillo apagado en la mirada. Ash se sintió incómodo. No veía admiración en los ojos de su hija. ¿Cómo era posible? Había ganado la batalla, ¿por qué no lo aplaudía?

Decidió que eso no importaba por ahora. Los humanos ya no estaban y las tradiciones se habían respetado. El Consejo de los Cuatro iba a estar satisfecho.

Arriba, en el desván, el hacha del tapiz se desplazó sobre la tela hasta detenerse cerca, demasiado cerca, del guerrero humano.

Alguien que no debía estar allí presenció la pelea a través de la ventana. Desde que la pizza comenzó a volar hasta que el pobre gato regresó de su caída, empapado y golpeado por las rocas, a los brazos de Iván, segundos antes de que la camioneta arrancara.

Los espectros habían triunfado.

Y esa noticia, para quien espiaba, no era buena.

12
Socios

El señor Piña despertó, dio un gran bostezo, bebió un poco de agua y, sin demasiadas ganas, se dignó a mirar al fantasma que flotaba a los pies de su cama.

—Espero que tenga una buena razón para interrumpir mi descanso. Es grosero entrar sin avisar en el dormitorio de una persona, sea usted humano o fantasma.

La aparición no ocultó su asombro ante estas palabras.

—La razón existe y justifica mi presencia. Sin embargo, permítame confesar mi desilusión. Por lo general, mi llegada provoca reacciones más escandalosas.

El señor Piña hizo un gesto de desdén.

—No se lo tome como algo personal. Lo único que me pone los pelos de punta es perder dinero. Dicho esto, ¿con quién tengo el gusto de hablar?

—Mi nombre es Vito Grimaldi, y mi visita está relacionada con la casa del acantilado.

Los ojos del señor Piña se abrieron con satisfacción.

—¡Ah! ¡Negocios! Eso lo hace todo más interesante. Deje que me vista, se lo ruego. No se puede hablar de nada serio en pijama.

Vito se escurrió hasta la oficina del vendedor, en la planta baja de la casa. Tuvo que esperar media hora hasta verlo aparecer, café en mano, con el cabello peinado hacia atrás y la sonrisa amplia y, de alguna forma, feroz.

—Muy bien, señor Grimaldi. Lo escucho.

El fantasma intentó acomodarse en el sillón. Siempre le resultaba difícil situarse sobre un objeto y no dentro de él.

—Usted le vendió esa casa a una familia humana, ¿verdad?

—Podríamos decir que sí. Casi.

—¿Casi? No se puede vender *casi* una casa.

—Es verdad.

—Pero ellos la compraron. Son los dueños ahora.

—Casi.

—¡Tampoco es posible *casi* comprar una casa!

—Técnicamente, es posible. Basta con que yo tenga, digamos, cierta ética cuestionable, un secretario que me debe favores y algunos papeles que esperan mi firma. Los compradores llegan a la casa y, de pronto, cuando terminan el papeleo y creen que la vida es bella, reciben la terrible noticia de que falta un trámite final, sin el cual, la venta se cancela. Por supuesto, esto cuesta una buena cantidad de dinero, que es pagado con quejas y resignación. Porque volver a guardarlo todo y mudarse es mucho más costoso, créame. Y luego, sí, todos felices. Sobre todo, yo. De algo hay que vivir, mi etéreo amigo.

Vito sonrió ante semejante falta de moral. Era la persona que necesitaba. Levitó alrededor del vendedor, agarrándolo por los hombros.

—Pues va a tener que vivir de otra cosa en este caso, mi sólido amigo. Los humanos huyeron anoche, debido a ciertos fantasmas invasores, y necesito que vuelvan. Es fundamental que estas personas se queden en la casa durante los próximos siete días.

El señor Piña se echó hacia atrás.

—¿Y qué beneficio obtengo yo por hacerlos cambiar de opinión?

—¿Puedo confiar en usted?

—Ni lo más mínimo. Pero si está aquí es porque no tiene opción. Como le dije antes, lo escucho.

—¿Me invita a una taza de café?

—No sabía que los fantasmas bebían café.

Vito inclinó la cabeza con un gesto de suficiencia.

—Nos gusta sentir el paso del líquido a través de nuestro pecho.

El vendedor acercó a su visitante una taza impresa con el logo *Piña Propiedades, garantía de confianza* llena de café. Vito se concentró en la técnica de tomar y levantar (algo que, por más experimentado que uno sea, debe hacerse con cuidado) y echó el café dentro de su boca.

El líquido descendió en gotas redondas dentro del cuerpo fantasmal, como perlas oscuras, para terminar en un charco sobre el cuero blanco de la silla y el suelo de madera.

—¡Pero, caramba…! ¿Sabe usted lo que va a costar limpiar esa silla? —se indignó el señor Piña.

—Calderilla, comparado con lo que puede ganar si convence a esta gente de que regrese. En algún lugar de esa propiedad, mis antepasados escondieron un tesoro de altísimo valor. Aún no he podido encontrarlo, pero, aunque lo hiciera, solo puedo disponer de él siendo el legítimo dueño del lugar. Para eso necesito a esos fantasmas usurpadores lejos de allí, cosa que va a suceder dentro de siete días y siempre y cuando los humanos permanezcan en la mansión. Le ofrezco la mitad de ese

tesoro por sus servicios. Al fin y al cabo, nosotros, los espectros, no necesitamos gastar en limpiar sillones. Somos más de cosas sucias y viejas.

El señor Piña se dedicó a observar a Vito Grimaldi y a hacer cálculos mentales. Un tesoro, como en las películas.

Alguna vez se había comentado en el pueblo algo sobre el tema, pero, pese a que algunos valientes se habían animado a buscar, nunca encontraron nada. Le pareció simpática la idea. Lo más insólito que había descubierto en algunas de las casas que habían pasado por sus manos consistía en una colección de maniquíes y seis pájaros embalsamados.

—Si me decido a ayudarlo, señor Grimaldi, voy a necesitar más información. ¿Le apetece derramarse encima otro café?

Durante la siguiente media hora, el fantasma le habló sobre el Consejo de los Cuatro, de la injusticia que su abuela había cometido con él, de las monedas antiguas que la casa guardaba bajo un enigma y de las complicadas reglas que dirigían la existencia en Otra Vida.

—Solo siete días, y ese tal Ash, junto con los engendros que lo acompañan, deberá irse. Con ellos fuera, expulsar a los vivos va a ser cuestión de minutos. Tengo algunos talentos, mal vistos incluso entre los de mi clase, que pueden resultar útiles.

—No creo que haga falta usar esos talentos, señor Grimaldi. Los papeles sin firmar de los que le he hablado son más que suficientes para indicarles la salida.

—¿Eso es todo? ¿Papeles? ¡Ja! —se burló el fantasma—. Me parece que usted no entiende: ¡hay que mostrar mano dura! ¡No ahorrar en crueldad! ¡Que no haya duda de que somos los amos! Este mar no es tan grande para tantos peces.

El vendedor apoyó los codos en el escritorio y entrelazó las manos.

—Déjeme explicarle algo, ya que le gusta el océano. ¿Cree usted que nosotros somos los tiburones de esta historia? No lo somos. Conozco mucho sobre la codicia y la ambición y, créame, no vamos a tener que esforzarnos. No somos los tiburones, sino los peces que llegan detrás y se comen las sobras. Los que van a causar la destrucción van a ser ellos mismos, se van a machacar entre sí para quedarse con la casa. Nuestra participación va a ser, simplemente, recordarles que se odian. —Y extendió la mano hacia el espectro—. ¿Socios?

Vito Grimaldi devolvió el apretón.

—Socios.

—Excelente. Entonces, yo me encargo de que los humanos vuelvan. Déjelo en mis manos, señor Grimaldi.

—Así será.

Y sin más, Vito se desvaneció en el aire.

El vendedor se sirvió otro café mientras su cabeza ideaba un plan.

«¿Por qué conformarme con la mitad si puedo tenerlo todo?», pensó.

Tenía que calcular cada movimiento con cuidado, incluyendo cómo deshacerse de Vito Grimaldi. Ahora que conocía los engranajes del mundo fantasmal, eso no sería un inconveniente. Pero lo primero era lo primero: tenía que conseguir que sus queridos clientes regresaran a la mansión y no se movieran de allí durante siete días.

Al mismo tiempo, Vito volaba entre los árboles, con ideas parecidas a las de su nuevo socio.

«En cuanto la casa esté vacía, este tal Piña va a ser una molestia. Voy a tener que renegociar nuestro acuerdo al borde del acantilado. Los accidentes pasan, y las personas se caen».

Al fin y al cabo, la ley de la gravedad afectaba a todos.

Incluso a los vendedores de casas sin escrúpulos.

13

El anfitrión lleva tu equipaje

No te preocupes. Estoy acostumbrado a cargar pesos muertos. Además, tu equipaje es ligero. Así como me ves, tan delgado y alto, con estos brazos débiles, tengo una fuerza que pocos sospechan. Podría partirte el cuello con una mano si lo deseara. No lo haría, claro. Mal que me pese, estás a salvo.

Eso de ahí es el jardín. Detengámonos un momento y disfrutemos de los aromas. Increíble, ¿no? Estas rosas negras son difíciles de conseguir. Hay que mezclar tierra oscura con excremento de lombriz y hundir en ella clavos de ataúd. Hay que podar los rosales en noches sin luna y dejarse pinchar por las espinas hasta que las gotas de nuestra propia sangre rieguen las raíces. Doménico estaría orgulloso de estas flores. ¿Que dónde está el viejo jardinero? Eso también es parte de la historia. No seas impaciente. Los detalles de su destino también te serán revelados.

El señor Piña no tuvo que esforzarse demasiado. Hizo algunas llamadas y luego se ocupó de la desafortunada familia. Tuvo especial cuidado en hablar con Rubén en vez de con su esposa. La experiencia le había enseñado que las mujeres son más inteligentes y que los hombres son más fáciles de manipular, si uno sabe jugar con su orgullo. Para su alegría, se encontró con que Rubén estaba dispuesto a pelear por la casa. Su familia no pensaba igual, enfrentarse a fantasmas vengativos no era uno de los riesgos previstos a la hora de cambiar de vida. Pero el señor Piña tenía un as en la manga que se llamaba Madame Katherina Razinkova. Una médium.

¿Sabes lo que es una médium? Es alguien con el don de conversar con los habitantes de Otra Vida. A lo largo de la historia ha habido muchas médiums famosas, respetadas por reyes y duques, con poderes que escapan a la comprensión humana. Madame Razinkova no era parte de ese grupo.

Su verdadero nombre era Margarita Almada de González, pero había adoptado ese nombre estrafalario para darle importancia a su talento. No era una mentirosa, permíteme la aclaración. Un mentiroso busca el engaño y ella no lo hacía. Trabajaba como modista la mayor parte del día, y creía, con total convicción, poseer un talento sobrenatural a la hora de comunicarse con el más allá, basado en saber curar el mal de ojo, haber acertado tres veces la lotería y encontrar la cartera de un vecino con problemas de vista. Por eso, tras la invitación del señor Piña, aceptó encantada la sugerencia de limar asperezas entre vivos y aparecidos en la mansión del acantilado.

Lo sé. Suena ridículo. Pero Madame Razinkova, con todo su entusiasmo y su inocencia, hizo su parte mucho mejor de lo que ella misma hubiera imaginado.

En esta historia las sorpresas abundan, y todos están destinados a interpretar papeles que jamás pensaron que les iban a tocar en suerte.

14

Hablando se entiende la gente

ra mediodía cuando la puerta de la casa volvió a abrirse. Los destrozos estaban exactamente donde los habían dejado: manchas de pintura por las paredes, ropa desparramada, pizza colgando de las lámparas y, espectáculo triste donde los haya, el cuadro de Wendy hecho pedazos.

—Despejad la mesa y tomad asiento —dijo la mujer de pelo oscuro, gafas gruesas y decenas de pulseras—. Tú, niño, pon a quemar estas hierbas en un cuenco. Nada como el eneldo y el laurel para avisar de nuestra llegada a los aparecidos

Iván obedeció, pese a la rabia que le daba que le llamaran *niño*.

En unos minutos, el lugar apestaba a algún tipo de guiso extraño. Wendy limpió la grasa de la mesa con un paño húmedo, y Caligari, precavido, se refugió bajo el piano.

Con gestos pomposos, Madame Razinkova se sentó en la cabecera. Por fin iba a tener algo interesante que contar en la peluquería y así vencer a doña Haydée, su eterna rival a la hora de las anécdotas. Colocó sobre la mesa unas tarjetas numeradas del uno al tres y un vaso con agua.

—Acercaos. Vamos a descubrir qué ocurre con estas almas en pena. Veréis cosas espantosas, pero no tengáis miedo. Yo os protejo.

Rubén gruñó. La médium cerró los ojos y abrió los brazos.

—Nos tomamos de las manos y respiramos hondo —ordenó con serenidad. Entonces, en un gesto teatral, elevó su voz—: ¡Antiguos espectros interdimensionales, oíd nuestra llamada!

Caligari dejó escapar un maullido lastimero. El gato veía lo que los demás no. Los fantasmas brotaron desde las maderas del suelo, con los rostros contraídos por el asco y tapándose la nariz con los dedos.

—¿Qué es ese olor, papá? —preguntó Elanor.

—No lo sé, pero en momentos como este envidio a los zombis. No tienen olfato.

Bebé lloraba y Flora no conseguía consolarlo. El gato se hundió aún más en las sombras, un detalle que no pasó inadvertido para Madame Razinkova.

—¡Oh! ¡Ya deben de estar aquí! ¡Poderosos espíritus, dadme una señal!

—No somos espíritus, ¿qué hay que hacer para que lo entiendan? —dijo Ash, volviéndose hacia la extraña mujer.

Pero el hartazgo se convirtió en sorpresa al ver a los humanos invasores otra vez en la casa. Elanor flotó sobre la cabeza de la médium.

—¿Puedo mover el vaso, papá? ¡Quiero asustarlos!

Ash asintió con indiferencia. La pequeña fantasma se concentró en la acción de tomar el vaso con sus dedos y levantarlo. No pudo hacerlo, pero logró empujarlo y eso fue suficiente. Todos vieron cómo el vaso se volcaba sobre la mesa sin que mano alguna lo hubiese tocado.

Madame Razinkova explotó de emoción.

—¡Esto es fabuloso! ¡Fantasmas reales! —dijo—. ¡Seres espectrales! Si deseáis que os pregunte algo, moved la tarjeta uno. Si deseáis hablarnos, la tarjeta dos. Si vuestro deseo es que os dejemos en paz, moved la tarjeta tres.

Ash estiró una mano, pero se detuvo.

—¿Cuál elijo, Flora? ¿La uno era por si queríamos hablar?

—No. Creo que era para recibir preguntas.

—¿Esa no era la dos?

—No, Ash… Era la uno… ¿O era la tres?

—La tres era para hablar en paz, querida.

—Creo que no, Ash. Era para que nos dejen en paz.

Bebé, al ver a Caligari en la misma habitación, se desprendió de los brazos de su madre y, gateando sobre la mesa, sacudió sin querer la tarjeta con el número dos.

—¡Bebé! —se quejó Ash—. ¡Que has movido la tarjeta para…! ¿Para qué era esa, Flora?

—Veo que queréis hablarnos —dijo la médium.

—¡Eso! Para que le hablemos… ¡Ey! —exclamó Ash—. ¡Yo no quiero hablar con esta gente!

—Yo no quiero hablar con fantasmas —dijo Rubén—. Lo único que quiero es que se vayan de mi casa.

Cada vez que miraba hacia los botes de pintura estropeados, su irritación aumentaba.

—¡Oh, expresiones del más allá! ¡Hablad con nosotros! Si queréis contarnos vuestra historia, moved la tarjeta uno. Si queréis explicarnos por qué estáis aquí, la dos. Si queréis hablar de otra cosa, moved la tres.

—¿La uno o la dos? —preguntó Ash.

Su esposa dudó:

—No veo gran diferencia entre la uno y la dos.

—Yo creo que la tres, papá.

—¿Qué era la tres? ¿La que era como la dos? ¿O como la uno?

—Eh… no recuerdo.

—Era para que nos dejen en paz —arriesgó Flora.

—¿Esa no era la tres anterior? —preguntó Elanor—. Esta tres es diferente de la otra tres.

—¿La dos? —Ash estaba confuso—. ¿Esa es la que hay que elegir?

—¿Cuál era la dos? —Flora tampoco se aclaraba.

—Hablar, supongo. ¿Tenemos que hablar con la señora? No me cae bien.

—Es que lo de las tarjetas es… —dijo Flora—, como un juego, ¿no?

Pero Ash ya estaba harto. Agarró la mesa y la sacudió con fuerza. Las tarjetas volaron por los aires mientras todos se echaban hacia atrás. La médium levantó la cabeza, feliz.

—¿Quieres hablarnos, espectro? Se bienvenido. Si quieres, puedes usar mi propia garganta para contarnos tu tormento. Te invito a pasar.

¡Oh, una invitación! Eso era muy conveniente. Ash era un experto en la técnica del titiritero. Las reglas para serlo eran muchas, y las precauciones, infinitas. Pero con práctica, un buen titiritero podía tomar posesión de una persona y disponer de ella como quien se pone

120

un disfraz. Pues bien, si la señora era tan amable (no se podía entrar en un humano sin invitación, a no ser que uno fuera realmente un maestro en la disciplina), había que aprovechar. Era menos cansado que hacerse visible y permitía conversar con los vivos sin causarles tanto sobresalto.

Rubén y su familia solo vieron que Madame Razinkova abría los ojos, golpeaba su frente contra la mesa y se reincorporaba a la velocidad de un rayo, mirándose las manos como si fuera la primera vez que se las veía.

—Madame… ¿está usted bien? —quiso saber Wendy.

La médium giró la cabeza con un gesto vacilante y asintió.

—Sí, señora, solo un segundo. El primer momento en cuerpo ajeno siempre es incómodo. Y esta mujer me ajusta de cintura —respondió la espiritista con una voz desconocida.

—¿Quién… quién es usted? —preguntó Rubén.

Madame Razinkova lo miró con disgusto mientras intentaba cerrar el puño y señalarlo con un dedo, que se empeñaba en desobedecerlo.

—Mi nombre es Ashley Lunasangre Tercero y soy el legítimo dueño de esta mansión. Nos la cedió la fantasma que vivió aquí durante décadas, lo que significa que vosotros os vais y yo me quedo. Y eso debe ocurrir ahora mismo, o las consecuencias serán más graves que una pizza pegada en el techo.

Se le hacía difícil mostrar algo de dignidad al hablar, con el brazo izquierdo que iba a su aire y golpeaba cada poco su mejilla con una sonora bofetada. No siempre los músculos humanos aceptan de buen grado a los fantasmas.

Wendy, superando lo extraño de la situación, tomó la palabra:

—Señor Lunasangre, debe de haber un error. Nosotros compramos esta casa para construir un hotel. No dudo que, si conversamos amablemente, vamos a llegar a…

—¡Ningún montón de sábanas voladoras nos va a sacar de aquí! —interrumpió Rubén, destrozando cualquier intento de diplomacia—. ¡Ya mismo hacéis el equipaje o lo que sea que hagáis los fantasmas y os largáis a fastidiar a otros!

La médium se puso de pie, amenazante. Se le estaba deshaciendo el peinado y tenía las gafas torcidas.

—¡Los que os vais sois vosotros! —rugió la mujer, con ambos puños sobre la mesa—. ¡Y mejor por las buenas, porque si no…!

Wendy, entonces, dio un paso adelante. Nadie le hablaba de esa manera a su esposo.

—¿Por las malas? ¿Eso quieres decir? ¡Cuidado, eh, que nosotros también podemos gritar! Así que a bajar la voz y a calmar los nervios.

—Tranquila, mami… —susurró Iván.

Desde el aire, Flora y Elanor miraban a los adversarios con preocupación. El panorama se estaba complicando. Elanor intentó avanzar, pero su madre la detuvo. A Ash no le iba a gustar sentir que no podía manejar la situación.

La médium se cruzó de brazos con aire ofendido.

—¡Puedo haceros la vida muy difícil!

—¡No te tenemos miedo! —Esta vez fue Rubén quien se puso al lado de su esposa.

Flora se sorprendió. Tenía ante sí una pareja de humanos que no dudaba en defender lo suyo. Juntos. Sin duda, esa gente era especial.

—¿No? ¡Pobres inocentes! ¿Y qué os hace pensar que no debéis temerme? —preguntó Ash a través de la médium.

Era impactante ver cómo esa mujer frágil se comportaba con modales de pirata.

Ninguno contestó. Ash modeló el rostro de su títere en una sonrisa de satisfacción. Le encantaba ganar discusiones.

—Muy bien, veo que no sabéis qué decir, así que…

—No tenemos miedo porque… —empezó a tartamudear Rubén, entre enfadado y avergonzado. Las palabras salieron desbocadas y así llegaron a oídos de todos—: ¡Porque este lugar es lo único que nos queda! ¡Esta casa que se cae a pedazos es todo lo que tenemos! ¡La casa y las ganas y… y… un sueño… y… y… a nosotros! ¡A nosotros mismos! Eso tenemos: una casa, un sueño y a nosotros. Así que, entérate, señor: todo el miedo que una vez tuvimos, toda esa angustia que no deja dormir, la usamos en llegar hasta aquí. Bien, fantasma Lunamuerta o Nocheazul o como sea, tu amenaza llega tarde. Tus trucos de cositas que vuelan o tus dientes amarillos son cosquillas en medio de un huracán. No tenemos tiempo ni miedo que dedicarte.

Iván miró a su padre con un respeto que no recordaba tenerle. Verlo así, tan vulnerable y firme a la vez, era algo inusual. Madame Razinkova los contempló con los ojos en llamas. Wendy puso una mano en el hombro de su marido, y luego, Iván se acercó despacio y abrazó a sus padres. Juntos miraron fijamente a la médium, unidos y desafiantes.

Finalmente, Madame Razinkova (que estaba hecha un desastre) habló, y sus palabras estuvieron cargadas de desprecio:

—Que así sea, entonces. Que gane el mejor.

Y con estas palabras, Ash soltó a su títere.

La pobre médium se desplomó en su silla, y luego, mareada, preguntó en un hilo de voz si los fantasmas se habían decidido a hablar o no.

—¡Hay que ver la insolencia de esta gente! —gruñó Ash mientras se preparaba para volver al sótano junto a su familia—. Lamento que no tengan dónde ir o todo eso del hotel y los sueños y las ganas, bla, bla, bla. Aquí, la cosa es simple: ellos o nosotros. Y mi deber, como protector de esta familia, es que seamos nosotros.

Flora y Elanor se miraron. Si respondieron algo, nadie pudo escucharlo.

El gato había empezado a correr como un loco para intentar quitarse de encima a Bebé, que se había empeñado en tomarlo como su caballo personal. El pequeñito reía con carcajadas agudas mientras se agarraba con fuerza a las orejas de Caligari.

Al menos, alguien se estaba divirtiendo.

15
Preludio de la Guerra

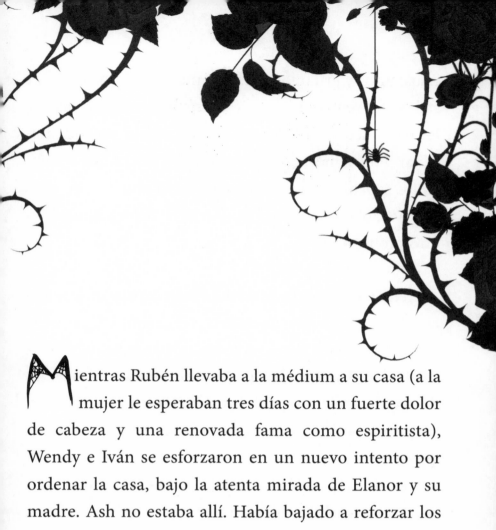

Mientras Rubén llevaba a la médium a su casa (a la mujer le esperaban tres días con un fuerte dolor de cabeza y una renovada fama como espiritista), Wendy e Iván se esforzaron en un nuevo intento por ordenar la casa, bajo la atenta mirada de Elanor y su madre. Ash no estaba allí. Había bajado a reforzar los conjuros que mantenían la casa en pie y a continuar con la búsqueda del tesoro, al menos hasta que se le pasara el enfado y pudiera pensar en un plan que les diera la victoria.

—¿Por qué no se va esta gente, mamá? ¿Por qué se arriesgan a que papá les haga daño? —preguntó Elanor.

—Los fantasmas no podemos hacer daño, hija. Sabes muy bien que no nos está permitido.

127

Asustamos y gritamos, y eso, la mayoría de las veces, es suficiente. Pero con estos vivos, estamos en desventaja. Ya los has oído: no tienen miedo. Y sin miedo, no podemos ganar. Podríamos ponerles arañas en la comida o ratas en los zapatos, y lo único que vamos a provocar en ellos es más rabia y más ganas de quedarse. Pero, además, hay otro problema.

—¿Otro más? ¿Cuál?

—Nada como una amenaza externa para unir a una familia, y ese ha sido nuestro error. Cuando llegaron, el más joven odiaba la casa y la mujer apenas disimulaba la desilusión. Eso habría bastado para quitarles las ganas de seguir adelante, pero los desafiamos. Les dijimos: «Aquí no podéis estar». Ahora quieren demostrarnos que sí.

—Papá los va a echar a patadas, no te preocupes.

—No lo sé, hija. Tu padre es muy capaz, pero esta gente no es como los humanos que conocemos. Han usado palomas, un espantoso humo de hierbas y, ahora, una médium. Y algo me dice que todavía no nos han enseñado sus mejores trucos. Hay que vigilarlos de cerca, algún punto débil les vamos a encontrar, Elanor. Ya lo verás.

En algún lugar de la casa se escuchó un fuerte ruido de objetos cayendo y un maullido agudo que, de pronto, se interrumpió para dar paso a un profundo silencio. Flora hizo una mueca de disgusto.

—Y encima, Bebé acaba de quitarle otra vida al gato…

—Mi hermanito adora a los animales… —se animó a decir Elanor.

—Demasiado… —concluyó Flora, sin poner atención.

Tenía muchas cosas en la cabeza, y ninguna de ellas con final feliz.

☙✦❧

Rubén, después de acompañar a la médium, visitó al señor Piña. Lo encontró como siempre, con su sonrisa y su corbata de seda.

—Estimado Rubén, qué alegría verle. Espero que los talentos de Madame Razinkova le hayan resultado útiles.

—Así fue, sí, pero los problemas no han hecho más que empezar. Ya no hay duda: la casa tiene fantasmas. Y están dispuestos a pelear por el lugar y por un supuesto tesoro que dicen tener ahí, perdido entre las paredes.

El vendedor contuvo el sobresalto. No creía que lo del tesoro fuera una noticia para ser compartida.

—Perdón… ¿Ha dicho usted *tesoro*?

Rubén se encogió de hombros.

—¿Quién sabe? Ese fantasma gritón me lo escupió en la cara anoche. —E interpretó una imitación bastante buena de Ash—: «¡Fuera de aquí! ¡Ni esta casa ni su tesoro os pertenecerán nunca! ¡Nunca!». Vaya usted a saber qué significa *tesoro* para un fantasma, tal vez sea un hueso de pollo dentro de una lata.

—O tal vez no. Estas costas vieron hundirse muchos barcos cargados de riquezas. No sería extraño que algún cofre con monedas haya terminado dentro de la casa. ¡Qué envidia! ¡Qué apasionante búsqueda! Imagino que no pensará perderse semejante aventura por culpa de unos espectros maleducados.

—¡Jamás!… —vociferó Rubén, aunque luego se dejó caer en una silla—. Bueno, al menos, esa es la idea. Lo más terrorífico a lo que me he enfrentado en la vida ha sido llevar al gato a la veterinaria. No sé qué hay que hacer para pelear contra un fantasma. En internet recomiendan cruces de sal, sonido de campanas, hojas de salvia, lavar la casa con vinagre, poner huevos en frascos… Pero si quiero que el hotel funcione, tengo que hacer algo más. No podría soportar ver a los turistas escapando aterrorizados en medio de la noche.

El señor Piña tuvo que pensar rápido. No podía permitir que aquel hombre se rindiera. Al menos, no durante los siguiente siete días.

—Creo que puedo ayudarle. Conozco algunas personas que saben exterminar esta clase de plagas. En mi negocio hay especialistas hasta para lo más increíble —dijo mientras le extendía una tarjeta de color azul con el dibujo de un fantasma en una jaula—. Llámelos si hace falta, dígales que va de mi parte. Ahora vuelva a su casa, haga sonar campanas, queme hojas y resista. ¡Ánimo, caballero! Este pueblo necesita un hotel como el suyo. —Y añadió con una sonrisa—: Y siga buscando el tesoro. Sería todo un acontecimiento descubrir que es real.

La respuesta de Rubén no fue la que esperaba.

—Lo único que quiero es que mi familia esté bien. No puedo pensar en tesoros que ni siquiera sé si existen.

El señor Piña apretó los puños. ¿Cómo se atrevía a restarle importancia a un cofre lleno de monedas? Ese hombre no merecía su suerte.

—Claro. La familia por encima de todo. Por eso hay que luchar, no dejarse vencer y, sobre todo, no abandonar la mansión. Es un enorme desafío para usted. Al fin y al cabo, es el hombre de la casa, ¿no?

🕷🕷🕷

El otro hombre de la casa, el que podía atravesar paredes, iba olvidando su furia gracias a las quejas de

Doménico. El jardinero miraba espantado cómo los humanos habían destrozado sus margaritas y aplastado las magnolias.

—¿A usted le parece bien? ¡Mire lo que han hecho estos salvajes! ¡Mire! Ya casi había terminado mi trabajo... Ahora, a empezar otra vez. ¡Pala, abono y rastrillo! ¡No hay descanso para mí!

—Quisiera ayudarlo, Doménico... —dijo Ash, apenado. El viejo hacía años que deseaba terminar su jardín y no lo lograba. Unas veces, vientos desbocados arrancaban el césped; otras, perros vagabundos desordenaban la tierra; y cada poco, niños traviesos se acercaban al lugar con ganas de demostrar su valentía a fuerza de causar destrozos—. Pero tengo que ocuparme de asuntos más urgentes...

El espíritu respondió sin apartar la vista de las plantas pisoteadas.

—Sí, sí... lo entiendo... Esa gente horrible... Si fuera doscientos años más joven, los sacaba de las orejas yo mismo... Hágalos huir, joven Ashley. Que se arrepientan de haber venido.

—Ya me estoy encargando de eso —dijo Ash, mientras golpeaba un puño contra el otro.

Era la oportunidad perfecta para ganarse el respeto de su familia. Y no la iba a desaprovechar.

✸✸✸

Cuando Rubén regresó, la casa parecía de nuevo un hogar. Su esposa lo recibió con un beso y su hijo le dio un abrazo sin necesidad de que se lo pidiera. Hasta Caligari llegó para frotarse entre sus tobillos. El pobre gato había perdido algo de pelo a causa de los nervios.

Empezaba a atardecer. Rubén recorrió la mansión haciendo repicar una campana y Wendy frotó vinagre en el suelo. Iván puso hojas de salvia en cuencos de metal y les prendió fuego. Al terminar, se tomaron un descanso. Todo parecía tranquilo. No lo sabían, pero su esfuerzo había funcionado. El sonido de la campana y el olor de las hojas y el vinagre llegó hasta el sótano y obligó a la fantasmal familia a hundirse en la tierra (algo que siempre es desagradable) para poder aliviar el olfato y los oídos de tan horrendas sensaciones.

Mientras llegaba la hora de irse a dormir, Iván intentó otra vez, con su torpeza habitual, sus ejercicios de piano, y Wendy plantó en su atril un nuevo lienzo. Con trazos veloces, recreó el cuadro que el fantasma había hecho pedazos. Era su forma de demostrar que no se iba a dar por vencida. ¿Que destruyen un cuadro? Pues se hace otro. ¿Que lo vuelven a romper?

Se comienza otra vez. De nuevo dibujó el mar, de nuevo retrató a la mujer señalando las rocas. Intentó delinear la casa sobre el acantilado, pero se detuvo. No creyó que fuera conveniente.

Tal vez no terminara en sus manos. Tal vez todo fracasara. Y tenerla en el cuadro iba a recordarles para siempre el sueño roto.

Nadie quiere esa clase de recuerdos.

16

El anfitrión recuerda la Guerra

Fueron días terribles. No quieras imaginar lo salvaje que puede ser un humano (o un fantasma) en una situación como esta. Ahora observas la casa así, en silencio, pero fue el escenario de una batalla entre dos ejércitos a los que no les estaban permitidas la piedad ni la rendición.

Trata de no salirte de los senderos. Los actuales dueños del lugar se toman muy en serio el cuidado del jardín. Ven, vayamos por aquí, lejos de las reprimendas.

¿Que estoy temblando, dices? Sí, claro. Es esta historia, que me pone la carne tensa. Durante los siguientes dos días, ambas familias no se dieron ni tregua ni descanso: en las horas de sol, los humanos recorrían la casa con su campana y sus hierbas y sus líquidos nauseabundos y sus líneas de sal, destrozando la paz de los fantasmas. Pero al llegar la noche, la ventaja cambiaba de lado: las luces se encendían y apagaban, la temperatura de los dormitorios llegaba hasta la escarcha, las ventanas se abrían con violencia y las sillas y las mesas se arrastraban con voluntad propia. Todo, sin olvidar el piano, que no descansaba ni un instante de soltar melodías lúgubres. Humanos y fantasmas estaban agotados; aparecieron círculos negros alrededor de sus ojos y caminaban arrastrando los pies y las palabras.

La situación no podía continuar así. Ninguno lograba sacar ventaja al otro. A los espectros se les agotaba el tiempo y la paciencia, y a los humanos, peor aún, se les estaba acabando la energía y el gato. La bestia había perdido dos vidas más a causa de accidentes desafortunados: una nevera que tuvo la mala idea de cerrarse con el animal dentro y un choque desmesurado contra una pared, de esos tan bien dados que no incluyen la oportunidad de seguir vivo.

De siete vidas a dos; de un futuro brillante a un infierno sin victorias; de imaginar hoteles a derramar sal en los zócalos. Los vivos pronto sospecharon que ellos solos no bastaban contra la amenaza, y que buscar aliados era una posibilidad a tener en cuenta.

Lo mismo pensaron los fantasmas. Al menos Ash, quien todavía se esforzaba en planes inútiles. Lograba provocar, eso sí, algunos sobresaltos en sus enemigos, algunos gritos de auténtico miedo, temblores repentinos y huidas breves. Pero no era suficiente. Los humanos no cedían, y Ash sentía que los suyos lo miraban con impaciencia. Pasaba largos ratos frente al tapiz, concentrado en el hacha que se movía hacia la derecha o hacia la izquierda, según quién jugara mejor la partida. ¿Cómo inclinar la balanza a su favor? Solo quedaban cinco días para que el Consejo regresara y, con los humanos ahí, su familia iba a tener que volver a vagar por los caminos. ¿Cómo mirarlos a los ojos si eso ocurría? Necesitaba ayuda. Ayuda inmediata y, sobre todo, discreta. Ni Flora ni Elanor ni Bebé tenían que darse cuenta de que su padre no era capaz de espantar a esos corazones calientes.

Un ratón entró en el desván, con una carta unida a su lomo por un trozo de cordel. El roedor fue directo hacia Ash, esquivando al resto de ocupantes de la casa. Tiempo después, Ashley se diría que debería haberse dado cuenta de ese detalle, que tendría que haber sospechado que la mano de Vito Grimaldi estaba detrás de ese roedor escurridizo. Pero, en ese momento, solo cogió la carta y leyó lo que podía ser la

139

solución a sus problemas. Sintió un escalofrío al leer *Puerto Banshee*. No podía creer que ese lugar todavía existiera. Pero la carta era clara y proponía incluso una hora exacta para la cita.

Ahora tenía que inventarse una excusa para salir sin que Flora sospechara. No fue difícil. Iba a pedirle a su familia que, como ya hicieron días atrás, se acercaran a los humanos en un nuevo intento por encontrar sus miedos y debilidades. Mientras tanto, él viajaría a la capital para comprar más cadenas oxidadas, con sonidos más horrendos que las actuales. Sí, era una historia creíble, tenía que funcionar.

En cuanto al gato de los vivos… pues, mala suerte. Si el animal agotaba sus vidas y La Mano Que Todo Se Lleva venía a buscarlo, mejor.

Que no te extrañe este pensamiento cruel. El felino era una eficaz alarma detectora de entidades del más allá, y eso era lo que menos necesitaban en aquel momento. Nadie iba a echarlo de menos. Al fin y al cabo, esos animalejos peludos no sirven más que para pedir comida y ocupar espacio.

17

Legañas de Gato

«Encontrad sus debilidades», había dicho Ash, lo cual significaba, en mejores palabras, detener el ataque y buscar alternativas. Una buena estrategia y, sobre todo, una gran excusa para dejar de sacudir objetos por toda la casa.

Como antes, Elanor volvió a ser la sombra de Iván, y Flora, la de Wendy.

La humana seguía dedicando sus ratos libres a la pintura. La imagen había ganado color y los detalles del cuadro eran asombrosos. Así la encontró Flora cuando logró que Bebé se durmiera, pincel en mano, lidiando con su obra. La mujer del cuadro estaba casi terminada. Sus cabellos parecían sacudirse ante un viento de óleo, y su mano extendida apuntaba hacia la pared del acantilado. Y, sin lugar a dudas, era idéntica a ella.

En el comedor, Iván había cambiado el campo de batalla: del humo de las hierbas a los ejercicios de piano. Un horror casi tan espantoso como esos fantasmas que lo acosaban por las noches. A sus ojos, las notas musicales eran como hormigas que se movían formando un idioma incomprensible. Elanor se divertía de lo lindo viendo cómo se le enredaban los dedos.

—¡Esto es un asco! ¡No hay forma de aprender a tocar esta cosa! —gritó Iván, ofuscado, mientras daba un puñetazo contra las teclas.

Mientras tanto, en la otra esquina del salón ocurrió lo impensable. Días después, Flora aún se preguntaba por qué lo había hecho. Tal vez pensó que la humana se iba a horrorizar al ver uno de sus pinceles flotando ante sus ojos, sin mano alguna que lo sostuviera. Pero no ocurrió eso. Solo se quedó inmóvil, con la respiración contenida, temiendo por su pintura. Iba a ser la segunda vez que se la destrozaran. Sentía por ese cuadro un afecto especial, y lamentó que terminara otra vez con la tela desgarrada y el bastidor hecho astillas.

El pincel volador se acercó al lienzo y trazó, con delicadeza, una línea precisa sobre una ola a medio hacer. La pincelada fue buena. Wendy, entonces, estiró su mano temblorosa y trazó ella misma una línea al lado. El pincel sin dueño voló nuevamente hacia la tela y dibujó perfectas salpicaduras de mar en torno a la piedra. Wendy, entonces, se animó a sonreír.

«Ash odiaría ver esto», temió Flora, concentrada en la técnica de tomar y sostener. Era el turno de Wendy. Durante diez minutos y en silencio, alternaron colores, pinceles, formas y difuminados, una y otra, humana y espectro, como si fueran dos manos de la misma persona. Como si la guerra fuera de otros.

—¿Cómo te llamas? —preguntó Wendy, mirando hacia la nada.

Flora intentó hablar, pero recordó que si no podía verla, tampoco podía escucharla. Aparecer y desaparecer ante los vivos es un gran gasto de energía. Por eso los espectros recurren a ruidos, golpes, manchas o mensajes escritos con…

¡Mensajes escritos! ¡Eso era!

Wendy vio cómo el pincel recogía color de la paleta y se acercaba a una hoja de papel. Los movimientos fueron lentos, pero, al terminar, Wendy leyó la palabra *Flora* sobre la superficie blanca.

145

—¿Flora? ¿Es tu nombre? Yo soy Wendy... Encantada... supongo.

Un espantoso acorde de piano y un nuevo golpe llegó hasta ellas.

—Perdón... es mi hijo practicando... No es muy bueno, ¿verdad? Pero su padre... mi marido... quiere que aprenda. Cuando Rubén... Rubén es mi marido... era joven, no tuvo la oportunidad de aprender, y ahora quiere que Iván lo haga... Pero a él no le gusta. Y se nota... Es malísimo, pobrecito —dijo Wendy, dudando sobre si esa era la forma correcta de conversar con un fantasma.

En su defensa podía decir que era la primera vez que lo intentaba.

«Padre con carencias de infancia. Hijo obligado a hacer algo que no le gusta. Excelente información... Algo voy a poder hacer con eso», se dijo Flora, satisfecha. Había descubierto más en esos minutos que en cuatro días de gruñidos por los pasillos.

—¿Por qué queréis echarnos de aquí? —preguntó, de pronto, Wendy—. No imagináis los esfuerzos que hemos tenido que hacer para conseguir este lugar. No queremos pelear, pero esto es lo único que tenemos y... por eso... nosotros...

No pudo seguir.

La angustia, el cansancio, la falta de sueño y su tristeza le hicieron derramar un mar de llanto, casi tan grande como el de su pintura.

Flora volvió a escribir. Su mano se movió más rápida que su pensamiento. En ese papel dibujó las letras que abrían la puerta, las palabras que corrían el telón y mostraban un camino irreversible.

—«Para apartar la niebla de los ojos, legañas de gato y agua triste sobre el puente» —leyó Wendy en voz alta, sin secarse las mejillas—. ¿Qué es esto? ¿Poesía del otro mundo?

El pincel golpeó contra la hoja repetidas veces, exigiendo atención. Wendy volvió a leer, pero no sirvió de nada. Flora suspiró. Lo que intentaba decir era confuso para un humano. Iba a tener que ocuparse ella misma si quería comunicarse. Se lanzó a través de las tablas del suelo, buscando el ingrediente principal del conjuro.

Wendy solo escuchó un maullido. Un minuto después, un resignado Caligari apareció flotando a través de la puerta, suspendido en el aire por la parte posterior de su cuello. Un pincel limpio voló y se frotó alrededor de los ojos del gato. El animal ni intentó resistirse. Sobre las cerdas del pincel quedaron algunas pequeñas legañas elásticas y pegajosas que Flora enseguida frotó contra un plato limpio. Luego soltó a Caligari, que no tardó ni un segundo en desaparecer.

—Ahh… Legañas de gato… No era una metáfora —dijo Wendy—. ¿Y el agua triste? ¿Qué es?

El pincel se elevó hasta detenerse frente a su rostro y recogió las lágrimas que aún brillaban en sus mejillas. Después las mezcló con las legañas.

«Ahora empieza lo bueno…», pensó Flora, y levantó el pincel y pintó en el espacio que había entre los ojos de la humana, sobre el puente de la nariz.

Wendy se estremeció. Sintió un profundo ardor, como si mil cocineros se hubieran puesto a picar cebollas a su lado. Apretó los párpados y se los frotó con las manos. Cuando la molesta sensación desapareció, abrió los ojos y miró a su alrededor. Su cuadro, la ventana, las cajas, la pared, la fantasma elegante y la mesa con óleos.

¿Había dicho *la fantasma elegante*? Se volvió a frotar los ojos y miró otra vez. Flora seguía ahí, con el pincel en la mano.

Si Caligari hubiera visto a Wendy echándose hacia atrás, asustada, habría sentido alivio. Por fin alguien más podía ver a esos seres. En el movimiento brusco, Wendy se tropezó con una caja, perdió el equilibrio y cayó de bruces sobre un sillón, enredada en una manta y con la boca en forma de *O*.

—Pu… puedo… verte… —balbuceó.

—Y también podrás escucharme —respondió Flora.

—¿Cómo…? ¿Qué clase de magia…?

—Todos los felinos y algunos perros pueden vernos. Este conjuro les otorga a los vivos la misma visión. A los fantasmas nos resulta agotador tener que gastar energía empujando cosas para hacernos entender, así que bienvenido sea este hechizo. En fin, mujer… tenemos un asunto que solucionar.

Wendy se levantó con cautela y se acercó a centímetros de Flora. Estiró el brazo y atravesó el rostro de la fantasma. La sensación fue parecida a hundir la mano en gelatina helada.

—Eso es de muy mala educación, señora. No está bien visto en nuestro mundo atravesar ectoplasma sin pedir permiso.

La mano fue retirada con velocidad y las disculpas fueron sinceras.

En ese momento, Wendy se llevó la segunda sorpresa. Observó el rostro de Flora, y después su cuadro. Luego devolvió la mirada a la fantasma, y después al cuadro. Así cuatro veces.

—La mujer de la pintura… es…

—Soy yo. No puedo explicarlo. Algunos de vosotros sois sensibles a nuestra presencia, pero jamás vi algo así.

—No sé cómo ocurrió… solo sé que este rostro… tu rostro se me apareció en la mente con una fuerza tal que tuve que dibujarlo… dos veces… —dijo, ahora con una mueca de enfado, mientras recordaba el cuadro destrozado.

Flora se sintió avergonzada.

—Supongo que es mi turno de pedir disculpas. Tuve una conversación bastante seria con mi marido después de ese momento. A veces le cuesta controlar su malhumor.

Ambas consiguieron charlar durante un rato, a pesar de los nervios que compartían. Flora le habló sobre el Consejo de los Cuatro y de cómo su existencia dependía de provocar miedo en los vivos, y Wendy no escatimó en detalles a la hora de recordar el sueño del hotel y los problemas que habían tenido que sortear.

Al terminar se hizo un silencio. Cada una había defendido su posición y habían entendido dos cosas: la primera, que ambas familias tenían razones de peso para quedarse con la casa; y la segunda, que solo una podía ganar.

Algo que, a todas luces, era un obstáculo insalvable para cualquier clase de amistad.

18

Naranja

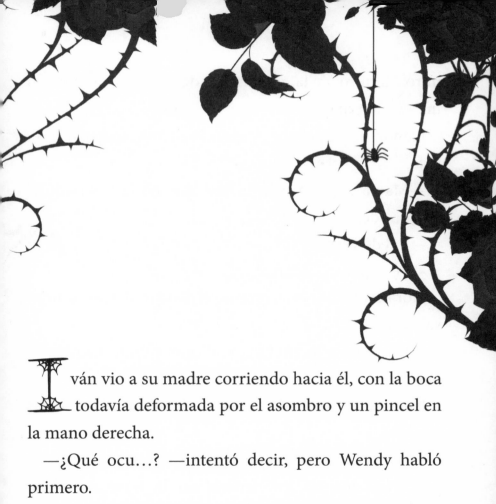

ván vio a su madre corriendo hacia él, con la boca todavía deformada por el asombro y un pincel en la mano derecha.

—¿Qué ocu…? —intentó decir, pero Wendy habló primero.

—Tú, tranquilo. Y hazme caso. Sí, lo sé… lo que hay en el pincel es asqueroso. Es asqueroso pero funciona… Te van a escocer un poco los ojos, no dura mucho… Vale la pena, ya verás… ¡Ja! ¡Nunca mejor dicho! ¡Ya *verás*! Quietito, que no quiero hacerte daño… Pongo un poco sobre tu nariz, aquí, en el medio… aguanta…

Elanor, sentada sobre el piano, observaba sin interés a esa extraña mujer que frotaba con un pincel la nariz de su hijo. Pero, de pronto, la humana la

miró (la miró a ella, no a través de ella) y la saludó con un: «Hola, ¿qué tal?».

Elanor no supo qué responder. Flora apareció a su lado.

—Mamá… ¿Qué pasa? Dime que no le has dado el conjuro de…

—Puede vernos.

—Pe… pero… ¡Mamá!

Flora cerró los ojos y levantó el dedo índice, en actitud solemne.

—«Conoce a tu enemigo», dice el refrán. Eso fue lo que hice.

Iván ya se frotaba los ojos, sintiendo el ardor de las cebollas.

—«Conoce a tu enemigo, y le darás ventaja para vencerte», mamá. Así debería ser la frase completa. ¿Papá sabe esto?

—Prefiero: «Conoce a tu enemigo, y tal vez deje de serlo». De tu padre me ocupo yo. Y te sugiero que busques algo de ropa decente… —dijo Flora, apuntando hacia la tela blanca que vestía y era, en ese momento, su hija—. El muchacho está a punto de verte.

Con un grito, Elanor comenzó a pasar sus manos a velocidad de vértigo sobre su cuerpo, y un nuevo estilo surgía a cada pasada: conjuntos deportivos, ropa de campamento, vestidos medievales, vaqueros rotos, pantalones cortos y camisetas sencillas y hasta ropa de cuero, digna de una estrella de rock.

—¡No tengo nada que ponerme! ¡Que no me mire, que no me mire! —chillaba con desesperación mientras la ropa se transformaba de forma precipitada—. ¿Esto está bien? ¿Combina? —preguntó a su madre, deteniéndose en unas bermudas, una blusa blanca y el cabello flotante recogido con una cinta, un estilo muy de los sesenta.

—Estás preciosa, hija —afirmó Flora, que luego se dirigió a Wendy—. ¿No está preciosa?

—Preciosísima.

—¡Ahhhhh! ¡¿Qué me has hecho, mamá?!

El grito de terror salió de la garganta de Iván, y vino acompañado del (ya a estas alturas, un clásico) batacazo contra el suelo. El chico retrocedió sobre las palmas de sus manos para escapar de aquellas apariciones pálidas y de su madre, que se acercaba, intentando calmarlo.

—Iván... Iván, hijo, escúchame...

—¿Qué es esto? ¿Cómo puede ser que...?

—Respira, vamos... Puedes verlas, ¿verdad? Ella es Flora, y ella es... No sé cómo te llamas...

—Elanor...

—Elanor, que es la hija de Flora, ¿no? Todavía estoy aprendiendo... Y Elanor tiene un hermanito que ahora

155

está dormido y es el que asusta a Caligari, y además está Ashley, el padre, que…

—¿Es la bestia que te destrozó el cuadro?

—No me hagas recordarlo, pero sí, es el que rompió el cuadro y nos lanzó la pizza a la cabeza.

—¡El cuadro y la pizza! ¿Es el que nos echó de casa, con esa cara horrible y esos dientes y esos gritos y …?

—¡Y el que os va a volver a echar! ¡Todas las veces que haga falta! ¡Esta es *nuestra* casa! —se animó Elanor, incómoda con eso de sentirse observada.

El comentario fue suficiente para que Iván recuperase la valentía.

—¡Sois vosotros los que os vais a ir de *nuestra* casa!

—¡Ja! ¡Me va a encantar ver cómo lo intentáis! —respondió Elanor.

Flora se elevó entre ambos y estiró los brazos.

—Venga, venga… Primero, nos calmamos todos. Estamos tratando de solucionar esto como seres civilizados, así que estaría bien un poco de colaboración por vuestra parte. Nosotras vamos a dar un paseo, a ver si podemos darle una vuelta de tuerca a este asunto, y sería muy útil que vosotros os conozcáis y tratéis de ayudarnos… ¿Podría ser que, por una vez en la vida, hagáis caso?

—Está bien… —resopló Iván de mala gana.

Elanor asintió, desafiante. Los jóvenes se quedaron solos y en silencio mientras sus madres salían al jardín. La fantasmita comenzó lo que ella suponía que era una conversación amable.

—Eres lo peor que he visto en toda mi vida tocando el piano.

—Ah, perfecto… Empezamos guay. ¿Estás muerta?

—No estoy muerta. Soy una fantasma.

—Los fantasmas son gente muerta.

—¡La gente muerta son espíritus! ¡Los fantasmas somos otra cosa! —contestó Elanor.

No soportaba perder su tiempo con ese humano ignorante.

—¿Y qué hacen los fantasmas, además de fastidiarle la vida a la gente?

—Tocamos el piano mejor que tú, por ejemplo.

—Hasta una foca toca el piano mejor que yo.

—¿No te gusta la música? ¿O eres tan malo por puro placer?

Iván se encogió de hombros.

—La música me encanta… pero me gusta escucharla. No me divierto nada tocando el piano. No lo consigo, no lo entiendo, me marean las teclas. Pero a mi padre se le ha metido en la cabeza que tengo que aprender.

Elanor levitó alrededor de Iván, que no pudo evitar sentir un escalofrío.

No terminaba de acostumbrarse a ese nuevo talento de ver lo invisible.

—Y si no es tocar el piano, ¿qué te gusta hacer?

—Dibujar. El fútbol. Leer. Videojuegos. Nadar. La tabla de surf. Esas cosas.

—Sí. Te vi en la playa.

—¿Me has visto?

—El otro día te seguí. Se notaba que te lo estabas pasando bien, te reías mucho.

—Ah, sí… ¿Y tú? ¿Te gusta nadar? O sea… ¿los fantasmas nadan?

—No, no podemos… El agua salada nos hace daño porque… —Y se calló de repente.

«Zombi, zombi —se dijo. Al parecer, *zombi* es un insulto muy común entre los fantasmas—. Se supone que debemos encontrar las debilidades de ellos y no contarles las nuestras».

—¿Te hace daño el agua del mar? Qué pena… Nadar es genial. A lo mejor si te pones un traje especial para no mojarte…

Elanor nunca lo había pensado. La idea llegó de pronto, y ella la aceptó feliz. Al menos en ese momento, le pareció brillante.

—Escucha lo que voy a decir... ¿Quieres tocar el piano como si fueras un maestro y así tu padre te deja tranquilo?

—¿Yo? Yo no puedo tocar bien ni el timbre de mi casa.

—Si me haces un favor, yo te puedo convertir en un buen pianista en un minuto.

—¿Qué favor?

—Quiero nadar... en el mar.

—Pero... ¿y lo del agua?

Elanor se concentró en sus dedos y se sentó frente al piano. Una melodía bella y triste brotó del instrumento.

—¡Uh! Eso es genial... Pero ¿cómo podemos hacer que yo...?

—La técnica del titiritero. Ya la has visto. Cuando esa médium vino y mi padre la hizo hablar y moverse... Yo puedo hacer lo mismo contigo.

—¿Como una fusión? Es como si yo fuera de color rojo y tú de color amarillo y juntos...

—Naranja. Un poco de lo tuyo y un poco de lo mío. Yo te dirijo las manos en el piano y tú me llevas al mar. Si aceptas, me tienes que invitar a entrar.

—¿Me vas a dejar con un ojo torcido o un brazo roto?

—Sería bonito, la verdad, pero poco conveniente. Si un títere tiene un accidente durante la posesión, el fantasma recibe el mismo daño. Para que me entiendas:

si te mueres, yo también. Pero puedo hacer que toques el piano como si llevaras años practicando.

—Y yo puedo llevarte a nadar… O sea, que yo sería tu traje de neopreno.

Elanor no pudo evitar la carcajada. Era una buena comparación.

—Bueno, humanito sin talento… ¿Te animas?

—Supongo que sí… Con tal de no escuchar a mi padre diciéndome que practique… Venga, adelante. Te invito a pasar… tú sabrás qué hacer.

Lo último que escuchó Iván, mientras Elanor giraba en el aire y se zambullía en su pecho, fue:

«¿Saber? No tengo ni idea. Es la primera vez que hago esto».

19
Más palabras del anfitrión

Creo que lo que hizo la mujer fantasma fue sabio. Realmente, lo creo. No es que hubiera abandonado la lucha, pero abordar al adversario desde las palabras nunca es mala idea. Al fin y al cabo, la violencia no había servido de mucho, era hora de intentar nuevos caminos. Por otra parte, y tal vez esta fuese su verdadera intención, necesitaba saber cómo la humana había podido pintarla sin conocerla.

Pero no es por aquí por donde quiero seguir la historia, sino por los derroteros del padre espectro. Con su familia distraída, Ash pudo moverse sin ojos vigilantes. No estaba feliz, como podrás imaginar. Alguien como él, con tanta experiencia, buscando ayuda… La herida en su orgullo era tremenda, pero tenía que proteger a los suyos. Y ese pensamiento lo llevó a Puerto Banshee.

No debería hablarte de ese lugar. Nadie debería mencionarlo. Puerto Banshee rodea el Mar del Borde, y es el rincón de Otra Vida donde se reúne lo peor de lo más malo para aliviar penas y hacer negocios turbios. Los olvidados, los sintecho, los expulsados, vampiros malditos, hechiceros oscuros, brujas temibles o poltergeists incontrolables, todos malgastan su tiempo en antros despreciables y en tugurios a los que ningún espectro respetable debería asomarse. ¿Buscas a los más sangrientos espantadores de humanos? Ahí puedes encontrarlos. ¿Pociones prohibidas? ¿Elixires venenosos? ¿Soldados de ultratumba? ¿Lobos sin amo? ¿Talismanes? Todo tiene un precio en Puerto Banshee. Y siempre es caro.

Ash, intranquilo, avanzaba con la carta arrugada en la mano. Sí, él, el gran Ashley Lunasangre Tercero, tenía miedo. Una bruja escupió a su paso y un esqueleto ni se molestó en apartarse al verlo avanzar. Ash tuvo que soportar que todos esos huesos ásperos atravesaran su cuerpo sin pronunciar una sola queja. Lo único que quería era encontrar a quien le había enviado la nota.

Por fin, tras deslizarse por callejones y escaleras, llegó a El Aquelarre, un bar situado en la peor zona de Puerto

Banshee. Había pocas mesas ocupadas, y el olor a grasa caliente era inmundo hasta para un fantasma.

Para asegurarse, volvió a mirar el papel que llevaba en la mano:

> Vaya a El Aquelarre, en Puerto Banshee, a la hora del despertar de los vampiros.
>
> Si quiere a los humanos fuera de su vida, lo espero.
>
> Discreción y ~~é~~ éxito garantizado.
>
> Sea el héroe que los suyos necesitan.
>
> Y sea puntual.

Definitivamente, Ash no quería estar ahí.

Pero el problema que surge cuando le has hecho creer al mundo que puedes con todo es que, a veces, no puedes.

20
Amigos cercanos

El día había sido perfecto. Iván (y él fue el primer sorprendido) consiguió interpretar melodías que minutos atrás le habrían parecido jeroglíficos egipcios. Sus manos se movían sobre las teclas sin que él las controlara, y una voz interior le pedía que aflojara los dedos para poder manejarlos mejor. Elanor estaba orgullosa de su nuevo talento. Jamás había imaginado que ser titiritera le iba a resultar tan sencillo.

Iván sonrió ante esa maestría prestada y la fantasma se sintió cada vez más segura en el manejo de músculos ajenos.

—Bueno, suficiente por hoy —decidió Elanor, y levantó las manos de Iván—. Cuando tu padre vuelva a casa, le vamos a sorprender. Ahora, tu turno.

167

Iván corrió a buscar su tabla de surf (Elanor le liberó las piernas para evitar tropezones) y bajaron a la playa. La fantasma tembló cuando el chico se lanzó hacia las olas, pero la piel humana resultó ser un escudo eficaz. El agua los cubrió y, en vez de ardor y pinchazos, Elanor sintió una frescura que hacía caricias. Le cedió al humano el control de sus movimientos y ella se convirtió en una pasajera de lujo, mirando a través de ojos ajenos y disfrutando del mar.

Dos horas más tarde, Iván regresó a la arena. Se quedaron mirando el cielo, sin hablar, ocupando el mismo espacio al mismo tiempo. Nada superaba ese momento de paz, de guerra en pausa, de casas sin obligaciones de desalojo.

Ambos habían cumplido con su parte y era tiempo de separarse. Volverían a intentarlo por la noche, pero con los adultos como testigos.

Elanor, entonces, avanzó hacia el pecho de Iván para salir. Fue como chocar contra un muro de ladrillos. Lo intentó una, dos, tres veces. Probó a través de la espalda y de la cabeza, y lo mismo.

Estaba atrapada en ese cuerpo.

—¿Qué ocurre? ¿Por qué no sales? —preguntó Iván, mirándose a sí mismo.

—¡No puedo! ¡No me dejas! —fue la respuesta.

—¿Cómo que no puedes? ¡Tienes que salir! ¡Me estoy haciendo pis y no quiero que estés aquí cuando vaya al baño!

—¿Eso es lo que te preocupa? Cierro los ojos y listo, no me interesa verte.

—¿Cuando dices *cierro los ojos*, hablas de tus ojos o de los míos? Porque hacer pis con los ojos cerrados suele terminar en desastre.

Elanor, o sea, Iván, dio una patada a un montón de arena.

—¿Quieres saber lo que es un desastre? ¡Desastre es que yo esté encerrada aquí sin poder salir! ¡No tendría que pasar esto! Se supone que tú y yo tenemos que odiarnos, no pasar la tarde como si fuéramos los mejores amigos.

Quien hubiera caminado por la playa a esas horas, se habría sorprendido al ver a un adolescente caminando y discutiendo consigo mismo.

—Yo te odio todavía, aunque eres buena con el piano.

—Yo también te odio, pero nadas bien y eres amable, a pesar de esa cara de amargado que tienes.

—¿Y qué hacemos?

—¡No lo sé! ¡Sácame de aquí!

—¡Ey, más respeto! ¡Que ese *aquí* vendría a ser yo! A ver, déjame pensar… —Y levantando los brazos al cielo, gritó—: ¡Yo te expulso, espíritu del mal!

Iván se dio a sí mismo una bofetada.

—¡Ouch! ¡No hagas eso!

169

—¿Me has llamado *espíritu del mal*? Creo que ves demasiadas películas. Te calmas, ¿eh? Lo que importa ahora es que nadie se dé cuenta de esto. Nadie.

—¿Ni tu madre?

—¡Ni la mía ni la tuya! No tengo dedos suficientes para contar la cantidad de normas que he roto. Usar el titiritero sin saber, meterme en el mar, establecer una relación con un humano…

—Bueno, si es por eso, tu madre y la mía ya parecen hermanas. No creo que sea tan terrible, podemos decirles que…

Iván no pudo terminar la frase. Cayó de rodillas, agarrándose el abdomen.

—Inténtalo y te aprieto el estómago todavía más fuerte. ¿Está claro?

El chico se limitó a asentir, dolorido.

—Vamos a casa. Podemos decir que nos peleamos y que me fui por la ventana, ofendida —propuso Elanor—. Tú déjame a mí, que va a salir todo bien.

—No me dejas mucha opción…

Iván corrió hacia la vieja mansión. La noche se acercaba. En un par de horas, su padre regresaría con cemento y botes de pintura.

Abrieron la puerta con cuidado. No había nadie cerca. Mejor. Iván caminó de puntillas hacia la escalera. Si llegaban al dormitorio, estarían a salvo. Lo habrían logrado si Caligari no hubiera aparecido a la carrera, perseguido por Bebé. El gato usó el hombro de Iván como trampolín para saltar y el muchacho soltó un inevitable grito de sorpresa.

—¿Iván? ¿Estás aquí? —preguntó su madre desde la entrada—. ¡Qué bien! ¿Cómo te ha ido con la fantasmita? ¿Muy pesada?

—Es un dolor de estómago.

Desde dentro, Elanor hizo que una pierna de Iván se levantara hacia atrás y se diera una patada a sí mismo.

—¿Sí? Pues a mí me pareció simpática. Esta noche tenemos que hablar con tu padre. Creo que podemos quedarnos en la casa.

Ahora fue Elanor la que habló, usando la boca de Iván.

—¿En serio, señora… digo, mamá? ¿Y cómo vais, o sea, cómo vamos a expulsar a esos monstruos horribles?

—Estás raro, Iván… ¿Te encuentras bien?

Una voz irrumpió desde algún lugar.

—¡Elanor! ¿Dónde estás, hija? ¡Necesito que busques a tu hermano! Tu padre está a punto de llegar.

Flora surgió a través de las maderas del suelo.

—Hola, Iván. Busco a Elanor, ¿la has visto?

—Eh… yo… Es que nos hemos peleado… y me fui volando, quiero decir… que se fue volando, ella, no yo, y ahora no está —balbuceó Elanor, usando la voz de

171

Iván—. Puede que se haya escondido entre los estantes de la biblioteca hasta que se le pase el enfado.

Flora dio tres vueltas alrededor de Iván, con los ojos entornados.

—¿Y tú cómo sabes que el lugar favorito de Elanor es la biblioteca? ¿Te lo ha dicho ella?

—No, o sea, sí… Fuimos a nadar y hablamos un rato… —respondió Iván.

—¿A nadar? ¡Elanor no puede nadar! A menos que… ¿Elanor? ¡Elanor! Dime, por favor, que no estás ahí dentro —preguntó la madre fantasma, golpeando con los nudillos la cabeza de Iván.

—¡Flora, por favor! —dijo Wendy—. Si mi hijo dice que tu hija se ha ido volando, vamos a creerle. No es un mentiroso.

—Mi hija no suele salir volando por nada ni por nadie. Así que está bastante claro que este señorito le dijo algo que la ha molestado.

Las dos madres se habrían pasado horas defendiendo a sus hijos si no hubiera sido porque, saltando desde algún lugar, Bebé se agarró al brazo de Iván, haciendo ruidos felices. Había echado de menos a su hermana todo el día.

—No, Bebé… ¡No! —susurró Elanor, sacudiendo el brazo ajeno.

Pero era tarde. Para Flora, fue verlos y entender. Sin decir palabra, se impulsó con toda su fuerza y atravesó el cuerpo de Iván como un suspiro. Al salir por el otro lado, su rostro mostraba uno de esos enfados que solo una madre puede tener.

—Dejaré que seas tú la que lo diga, Elanor… ¿Has usado con este humano la técnica del titiritero?

Iván bajó la mirada y se rascó la cabeza.

—Sí, mamá.

Flora se dio una palmada en la frente.

—Y ahora no puedes salir, ¿no es cierto?

—No puedo.

—Ni podrás —dijo Flora.

Con los ojos compartidos, Iván y Elanor miraron a la madre fantasma.

—¿Alguien me puede explicar lo que está pasando? —preguntó Wendy.

Flora se cruzó de brazos e intentó hablar con serenidad. Lo logró solo a medias.

—Lo más difícil del arte del titiritero no es mover músculos ajenos, sino entrar y salir de los humanos. Para entrar y controlar un cuerpo, el fantasma debe ser invitado. Lo complicado es salir. El cuerpo humano recibe al fantasma y lo hace parte de sí mismo. De esta forma, y solo así, podemos lograr que vosotros hagáis nuestra voluntad. Pero no es fácil abandonar un cuerpo vivo. Volver a separarse no es tarea sencilla. Se necesita experiencia y buena técnica. Y eso es lo que te falta, hija. Me temo que vas a estar unida a este humano durante unos días, hasta que su cuerpo entienda que eres una invasora y te expulse.

—¿Y eso cuánto va a tardar, mamá?

—Siete días. Mínimo.

—¿Qué? ¡En cinco vuelven esos señores que no saben matemáticas!

—No te preocupes por lo que va a pasar en siete ni en cinco días… Mejor piensa en lo que vamos a hacer dentro de un par de horas, cuando tu padre vuelva a casa.

—Y el tuyo… —agregó Wendy—. Tampoco le va a gustar nada todo esto.

Iván se pellizcó ambas mejillas con fuerza, dominado por Elanor.

—¡Ey! Que este cuerpo es mío —se quejó el muchacho.

—¡No, no, no, no! ¡Esto es lo peor que me ha pasado en mi no vida!

No le faltaba razón. Ni Ash ni Rubén se iban a llevar una alegría al ver a sus hijos unidos de una forma tan contundente. Elanor e Iván compartieron el sudor frío y la angustia. La noche los iba a sorprender sentados en la misma silla y con sus padres furiosos.

Porque la guerra ya estaba en marcha, y esto se parecía demasiado a una traición.

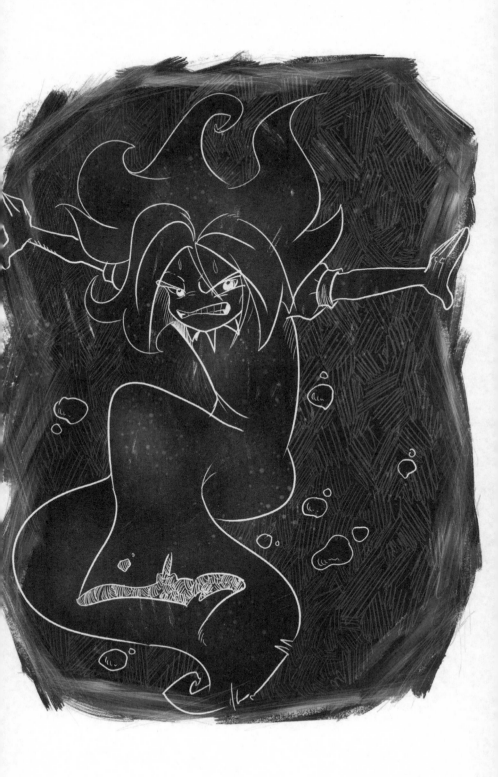

21

El señor Erizo

Por si acaso, Ash se disfrazó del Comecara. Si había algo peor que entrar a un sitio como El Aquelarre, era que alguien lo reconociera. Estiró su mandíbula inferior como si fuera de látex hasta que pudo colocarla de forma que le cubriera el rostro. Eso iba a ser suficiente. Y, además, ventaja entre las ventajas, le sirvió para protegerse de los olores que desprendía aquel lugar.

Se sentó junto a una de las mesas y esperó. Tampoco podía hacer otra cosa. Volvió a mirar el papel, para estar seguro de haber llegado a tiempo.

—Me gusta la puntualidad, señor Lunasangre. Es una de las tantas formas del respeto —murmuró una voz desde la mesa de al lado.

Ash reajustó su mandíbula y mostró la nota escrita.

—Supongo que usted es quien…

—… le va a salvar el honor. Me llaman el Erizo —dijo el desconocido, y se quitó la capucha que ocultaba sus facciones.

Era un hechicero entrado en kilos, ojos fríos y un cabello largo y grasiento peinado hacia atrás que, de tan sucio, formaba mechones duros como púas. Sostenía una copa llena de un líquido burbujeante.

—Muy bien, señor Erizo. ¿Cómo es que usted se…?

—¿Me enteré de su problema? Tengo ojos en todas partes.

—¿Envió a alguien a espi…?

—Tengo ojos en todas partes, literalmente. —Y abrió una bolsa de cuero bajo la atenta mirada de Ash. Estaba llena de ojos verdes, marrones y celestes. Todos se agitaban como pollos recién nacidos, con un sonido gelatinoso—. Los envío a rodar por ahí y ellos me avisan cuando encuentran a alguien a quien ofrecerle mis magníficos servicios.

—¿Magníficos? ¿Lo son? Jamás he oído hablar de usted.

—La fama se construye vociferando logros, y lo mío es la discreción. Justo lo que usted necesita, si no me equivoco. Si prefiere buscar a alguien más ruidoso, adelante;

pero recuerde que el precio a pagar es que el mundo descubra que usted tuvo que pedir ayuda.

La sola idea provocó un temblor en Ash.

—¿Y usted puede...?

—¿Si puedo ayudarle a matar a esos humanos? Va a ser un placer.

—Tampoco es que quiera matar...

—Situaciones extremas requieren decisiones extremas. Aunque, claro, si todavía desea ser amable con esa gente, no voy a impedirlo. En ese caso, no puedo serle útil. La delicadeza no está entre mis métodos. ¿Le apetece beber algo? Estas aguas de retrete son deliciosas.

Ash declinó amablemente la invitación. Ese hombre le provocaba un terrible rechazo, sobre todo por su desagradable costumbre de interrumpir las frases y por su soberbia. Pero lo cierto era que, en cuatro días, los Cuatro iban a regresar, listos para ejecutar su sentencia.

—No se preocupe, señor Lunasangre. No todo el mundo tiene madera de héroe. Tal vez pueda ofrecerle alguna solución intermedia. —Y puso sobre la mesa una pequeña botella azul—. Un revelador de miedos. Póngalo bajo la nariz de los humanos mientras duermen y podrá ver sus temores como quien ve una película. Ahorra tiempo y ayuda a saber dónde golpear. Lo fabrico yo mismo, así que nunca falla.

—Lo que intentaba explicarle es que matar personas no está permit…

—… permitido. Lo sé, y por eso existen tantos fantasmas sin hogar. Leyes que atan manos y voluntades. «Primero los demás, aunque nos perjudique», ¿no? Cuánta debilidad… Qué triste ejemplo para nuestros hijos…

Ash sintió el golpe. Pensó en Elanor. ¿Estaría su hija decepcionada con él? No, no podía ser. Él estaba haciendo todo lo posible. ¿Lo estaba haciendo? ¿Hacer ruido en un pasillo o deformarse el rostro era *todo lo posible*?

—Le sugiero que, además, se lleve uno de estos. Los llaman arietes. ¿Los conoce? ¿No? No me extraña. Están ligeramente prohibidos. Sí, otra vez ese Consejo y sus leyes. —Y colocó, junto a la botella, una temblorosa gelatina rosada—. Sé que usted es un buen titiritero. Pero, como bien sabe, no es posible entrar en humanos sin invitación.

—Bueno, pocos fantasmas han…

—… han logrado que eso no los detenga. Verdaderos maestros, usted lo ha dicho. Se requiere un talento que, a todas luces, usted no posee. El ariete es la solución, es un abrepuertas infalible. Lance esta belleza contra la persona a la que quiera ocupar —al decirlo, lo levantó

180

entre los dedos—, y podrá pasar sin resistencia. Muy efectivo, además, si luego usted decide lanzarse por un acantilado. Si toma la precaución de salir a tiempo del cuerpo, todos sus problemas quedarán aplastados contra las rocas.

El bar comenzó a llenarse de gente. En la mesa de al lado se habían sentado unos poltergeists de lo más ruidosos, y en la de la otra punta, unos boggarts bebían leche agria entre risotadas. Era el momento de salir de allí.

—¿Y cuánto…?

—¿Le preocupa el precio? ¿Le estoy ofreciendo la admiración de su familia, la victoria y un techo, y quiere hablar de dinero? —preguntó el Erizo con una mueca de desprecio. De pronto, la mueca se transformó en sonrisa. Ash no supo cuál de las dos expresiones era más horripilante—. No se preocupe, está todo pagado. Debe de tener buenos amigos, señor Lunasangre. Permítame añadir algo más a estas maravillas que se está llevando, una gentileza de mi parte, por si le apetece mostrar algo de coraje.

Colocó sobre la mesa un cráneo de rata. Ash se incorporó en su silla. Sabía lo que era y no le gustó. El gesto no pasó inadvertido para el hechicero.

—No lo use si no quiere, pero nunca está de más tener ratas vudú a mano. Siempre hambrientas y sin respeto por nada ni por nadie, imposibles de detener para los vivos. Solo tiene que aplastar este cráneo para invocarlas; y luego, corra todo lo rápido que pueda.

Ahora sí, la risa del señor Erizo fue tan fuerte que varias cabezas se volvieron hacia ellos. Ash recogió los tres objetos, balbuceó una despedida y huyó de aquel lugar. El cráneo de rata le pesaba en el bolsillo. No, no iba a usarlo. Nunca. Era demasiado. Alguna vez, hacía ya muchos años, había visto a esas ratas en acción.

Y no quería recordarlo.

🐜🐜🐜

De un solo trago, el Erizo vació su copa.

Luego se concentró en la aparición que se había sumado a su mesa.

Vito Grimaldi lo observó con ansiedad.

—¿Está seguro de…?

—Va a funcionar. Usted quiere aniquilar a estos fantasmas y eso es lo que va a suceder. Ya hice mi parte. Espero la mitad de ese tesoro.

—Sí, sí, es lo acordado. En cuanto saque del juego al vendedor de casas, esa mitad va a ser…

—Mía. No le conviene engañarme —dijo el Erizo. Se inclinó hacia delante y todo su cuerpo creció al tiempo que sus púas se erizaban—. No soy demasiado amable

183

con los que me engañan. Podría preguntarle a los que lo intentaron… si quedara alguno vivo.

Vito asintió, nervioso. Aun así, con un hilo de voz, se animó a preguntar:

—Disculpe la duda, pero usted le entregó a ese espectro varios objetos que parecen bastante útiles contra los vivos. Creo que eso no era lo que habíamos acordado.

—¿Duda de mí, señor Grimaldi? Escuche bien: mi trabajo no consiste en hacerle ganar la casa. Usted me contrató para destruir a esas familias. Una familia hecha pedazos por el odio y el rencor no quiere compartir el mismo techo. Dele poder a alguien como Lunasangre, hágale creer eso de ser el salvador del mundo, entréguele las hermosas herramientas que le ofrecí y él solo se encargará de destrozar su vida y la de los que le rodean. Va a vencer, claro, pero a cambio de una crueldad que los suyos no van a soportar. Muchas veces, el camino que desciende hacia la oscuridad está construido sobre peldaños que se moldearon con intención de ser buenos.

—¿Y por qué está tan seguro de que esto va a…?

—¿… a funcionar? Es simple. Porque lo digo yo. Y nunca me equivoco.

22

El anfitrión te enseña a evitar preguntas

«No preguntes si no quieres que te pregunten», fue lo que Ash tuvo que recordar al volver con su familia y notar la ausencia de Elanor.

La noche era dueña del cielo y la casa estaba en silencio. Flora descansaba con Bebé a su lado (la costumbre de los pequeños de subirse a la cama de los padres no es exclusiva de los humanos, como puedes ver) y apenas entreabrió los ojos al sentir que Ash se acostaba a su lado. Lo del temor a las preguntas también surgió en ella. ¿Qué iba a decirle a su marido si quería saber dónde estaba su hija?

No estuve aquí en aquella época, pero puedo imaginar la tensión que debió sentirse en el sótano. Ambos con miedo, ambos con vergüenza y ambos con cautela. Apenas hubo entre ellos algunos susurros, algún comentario que sonó a excusa; y luego, un sueño intranquilo y poblado de culpa.

No era muy distinta la situación unos metros más arriba. Rubén había regresado tarde. No dijo nada de su conversación con el señor Piña acerca de los especialistas en plagas sobrenaturales. A diferencia de Ash, él sí vio a su hijo, pero no le llamo la atención su conducta, que se limitó a contestar con evasivas y a masticar con la mirada fija en el plato. «Más de lo mismo, típico malhumor adolescente», pensó. Iván no se caracterizaba por ser muy parlanchín en la mesa, y era normal verlo distraído y con palabras medidas a cuentagotas. Esta vez, esa actitud lo ayudó a esconder a Elanor, quien veía y escuchaba todo sin atreverse siquiera a pestañear.

¿Qué estaría pensado la fantasmita en ese momento? Lo que tenía delante era una familia como la suya, cenando y hablando de pasados cercanos y proyectos futuros. Pudo notar que Wendy estaba tensa; ella también era cómplice del secreto.

Tal vez te preguntes por qué no decir la verdad, la simple y querida verdad, y acabar con el tormento. Pero algo les sugirió que era mejor guardar silencio. Contar lo que había pasado podía desatar la tempestad.

Rubén se enteró, sin demasiados detalles, de que los fantasmas no habían molestado en todo el día y que, gracias a eso, el arreglo en la casa había avanzado.

Dejaron los platos para lavar al día siguiente y se fueron a la cama, en busca de un merecido descanso. Algo parecido a lo que estás a punto de conseguir tú, si es que finalmente logramos acceder a la casa en esta noche de viento.

Ojalá tengamos suerte.

Otros no la tuvieron.

23
El miedo de los otros

Ash no pudo conciliar el sueño. Se incorporó en mitad de la noche y observó a Flora, que dormía con Bebé entre sus brazos. La cama de Elanor aún seguía vacía. Eso le molestó. Sabía que a su hija le gustaba volar de noche, pero, por lo general, a esas horas ya estaba de vuelta. Dudó entre ir a buscarla o acercarse a los vivos para descubrir sus temores. Se decidió por lo segundo. No iba a tener otra oportunidad, y Elanor, donde fuera que estuviese, ya era mayor y sabía cuidarse sola.

Como una brisa, se deslizó a través de las paredes, apretando en su puño la botella reveladora de miedos. Los humanos ocupaban un par de habitaciones en el segundo piso. Antes de visitarlos, Ash no pudo resistir la tentación de subir al desván a mirar el tapiz. El hacha flotaba en el medio, aunque oscilaba hacia ambos lados, indecisa. El espectro arrugó la nariz y se lanzó por las escaleras, en busca de los humanos adultos.

Dormían; Rubén, boca arriba, y Wendy, de lado, lo abrazaba. Ash flotó sobre ellos y destapó la botella. Un vapor violeta emergió y, retorciéndose en dibujos similares a los que formaría una gota de tinta en agua, entró en la nariz de la mujer. Nada ocurrió, y Ash pensó que el señor Erizo le había estafado. Pero, de pronto, una sucesión de imágenes animadas se formó como una niebla sobre la cabeza de la madre humana.

Wendy estaba en una pista de circo, vestida con ropa de lentejuelas. El público coreaba su nombre. Ella, con habilidad, hacía malabares con diez bolas brillantes al mismo tiempo. De repente, una de ellas estalló en llamas, y luego otra y otra más. A pesar de la situación, y de las quemaduras, la mujer se esforzaba en no dejarlas caer. El fuego comenzó a arder con más intensidad. Entonces, Wendy no pudo soportarlo. Las bolas rodaron por la pista, y ella cayó de rodillas, entre abucheos, con las manos abrasadas y las llamas devorando la carpa del circo.

La imagen se esfumó y Wendy, incómoda, se revolvió entre las sábanas.

Era el turno del hombre. Otra vez, el vapor se sacudió en el aire y se introdujo en la boca de Rubén, mientras las imágenes tomaban forma.

Ash se equivocó. Hubiera apostado cien años de su no vida a que iba a ver al humano observando, desde lejos, la casa que jamás sería suya; o, mejor aún, deambulando bajo la lluvia, con su familia, sin un lugar donde descansar. Había supuesto que su peor miedo era probar el sabor el fracaso, tener que volver con las manos vacías a lugares conocidos. Pero no.

En la imagen había un sendero y unos vivos caminaban sobre él. El hombre iba en el centro, gigante, tan grande que sobrepasaba la copa de los árboles. A su derecha estaba su esposa, y a su izquierda, su hijo. A cada paso, el hombre se reducía. Enseguida tuvo un tamaño normal, pero eso no lo detuvo. Siguió y siguió encogiendo hasta que su altura llegó a las rodillas del hijo. Su familia lo miraba con pena mientras intentaba alcanzar sus manos para que no se quedara atrás, pero él se negaba. Y así continuó, reduciéndose hasta desaparecer.

—Qué gente más rara… —murmuró Ash.

Esas visiones de bolas de fuego y personas ínfimas le resultaron perturbadoras.

Se dirigió al dormitorio de Iván. Caligari dormía enroscado a los pies del muchacho. El espectro fue cauteloso, no necesitaba un escándalo gatuno. Se colocó sobre la cabecera de la cama y soltó el vapor.

Todo fue más extraño aún que con los padres. Las imágenes salieron disparadas, unas sobre otras, como si estuviera viendo un televisor enloquecido por las interferencias. No terminaba de aparecer una secuencia y ya otra ocupaba su lugar. Ash vio un piano con dientes, olas marinas gigantes y aterradoras, la casa a lo lejos, cientos de palomas, a los padres del jovencito discutiendo, a un espectro disolviéndose en el aire, humo de hierbas, campanas, a Bebé en peligro, una habitación sin puertas ni ventanas y a los Cuatro, con sus brazos levantados. Ash se rascó la mejilla.

«¿Cómo conoce este humano la existencia del Consejo? ¿Y las palomas? ¿También detesta las palomas?».

Un maullido breve lo sacó de sus pensamientos. El gato estaba despierto y lo miraba, con la cola en movimiento y los ojos entornados. No intentaba huir, sino todo lo contrario. Lo vigilaba.

Ash retrocedió con movimientos calculados. Sabía lo sonoro que podía llegar a ser el maullido de esos animales en mitad de la noche y no quería humanos saltando fuera de sus camas. Se sintió molesto. Ese gato ya no le tenía miedo ni respeto. Lo mismo que pasaba con cada uno de los humanos de esa casa.

Concentrado en estos pensamientos, intentó tapar el frasco del hechicero, pero el tapón se resistió y una pequeña parte del vapor se escapó y entró por su nariz. El fantasma sintió una leve picazón detrás de los ojos y una sensación similar a tener una familia de ratones corriendo dentro de su cabeza. Una imagen comenzó a formarse frente a él.

Ash no se quedó a verla. No tenía sentido perder el tiempo ante una pantalla vacía. Él no conocía el miedo, eso era para los débiles. Así que regresó al sótano antes de que Flora notara su ausencia.

Por eso no vio que en la imagen flotante había un sendero, y un Ash gigante iba por él con su familia, y a cada paso, el fantasma se encogía y se encogía, hasta desaparecer.

24

A ver si comprendéis que somos enemigos

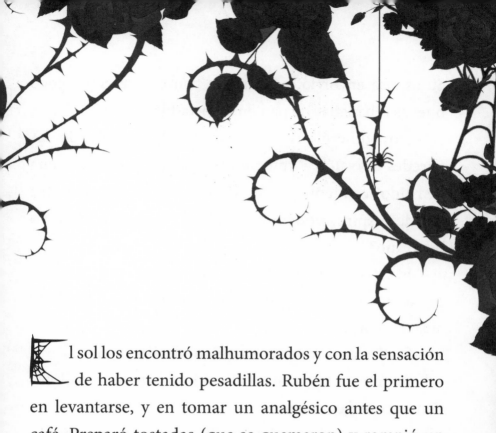

El sol los encontró malhumorados y con la sensación de haber tenido pesadillas. Rubén fue el primero en levantarse, y en tomar un analgésico antes que un café. Preparó tostadas (que se quemaron) y rompió un vaso por pura torpeza. Wendy apareció poco después, con los ojos llenos de sueño, una escoba en la mano y la advertencia típica de quien ya es experta en enfrentarse a los molestos trocitos de cristal.

—Quédate quieto que estás descalzo. Sube a la mesa, anda, a ver si vas a terminar clavándote un cristal y tenemos que salir corriendo al hospital.

Rubén trepó a la encimera de mármol y allí se quedó, con los pies colgando. Tomó un sorbo de café y masticó una tostada carbonizada. Sí, estaba incomible, pero era demasiado orgulloso para aceptarlo.

Su esposa envolvió los cristales con un papel y colocó nuevas rebanadas de pan en el tostador.

—Hoy quiero arrancar ese papel horrible de las paredes del salón —murmuró Rubén, con la boca llena de ruidos crujientes—. Si esos monstruos nos dan otro día de respiro, podemos avanzar. Porque ayer estuvo bien, ¿no?

—Eh… sí, ayer fue un día interesante, por llamarlo de alguna manera —respondió Wendy—. De hecho, me gustaría comentarte algo…

—Sí, sí, claro. Yo también quiero decirte algo…

Iván entró a la cocina, hablando en voz alta y discutiendo consigo mismo.

—¡No me importa! ¡Si tengo que estar una semana sin bañarme, estoy una semana sin bañarme! ¡No pienso quitarme la ropa delante de ti, por mucho que digas que cierras los…! —Y se detuvo.

No sabía que su padre estaba allí.

Wendy miró a su hijo con resignación. Si había tenido alguna esperanza de que todo hubiera sido un mal sueño, acababa de confirmar que no.

—Veo que seguimos igual que ayer, ¿no? Todavía con visitas en la cabeza —arriesgó.

—Sí, señora —dijo Elanor, que enseguida corrigió—: Sí, mamá.

—¿Visitas en la cabeza? ¿Piojos, quieres decir? Iván, ¿tienes piojos? ¿Y no te quieres bañar? ¡Venga! ¡Que así nunca te los vas a quitar! ¿Conoces algún remedio para estas repugnantes alimañas, Wendy?

—Al parecer… hay que esperar unos días, ¿no, hijito? Es lo que pasa cuando se hacen cosas sin pensar en las consecuencias —afirmó Wendy, echando chispas por los ojos.

Tanto Elanor como Iván agacharon la (misma) cabeza. Rubén los observó, con la sensación de que se le estaba escapando algo.

—¿Va todo bien? Estáis muy raros hoy.

Madre e hijo cruzaron miradas. Wendy dio la vuelta a las tostadas y tomó aire.

—Rubén, necesito que me escuches: he estado pensando en todo este problema de los fantasmas que nos tiene tan agobiados.

—¡A todos! —asintió Elanor—. No solamente a vosotros.

—Y me parece, y déjame terminar antes de decir que no, que si nos vamos unos días de la casa… —y contó con los dedos los días que faltaban para que el Consejo de los Cuatro volviera—, tres… o cuatro, como mucho, todo podría solucionarse.

—¿Solucionarse? —se escandalizó Rubén—. ¿Abandonando nuestra casa? ¡Qué ridículo! ¡Ayer no nos molestaron en todo el día! ¡Tú lo dijiste! Y por qué, ¿eh?

¡Porque estamos ganando! ¿Estoy loco o es que hay algo que yo no veo?

De hecho, así era. Rubén no podía verlos, pero Ash, Flora y Bebé estaban en la cocina, visibles para todos menos para el padre humano. Ash apenas podía aguantarse el enfado, y su esposa lo sujetaba del brazo para contenerlo. Bebé buscaba a Caligari con la vista.

—Lo único que puedo decir es que no es necesario pelear —dijo Wendy.

—¡Te han destrozado el cuadro! ¡Nos han echado! ¡No nos dejan dormir en paz! ¡Y me han hecho malgastar una pizza!

—¿Y él, con sus campanitas y sus hierbas apestosas y sus palomas? ¿Nadie dice nada sobre eso? —gruñó Ash. De pronto, cayó en la cuenta de la cantidad de días que Wendy había sugerido pasar fuera de la casa—. Pero... ¿cómo sabe que va a venir el Consejo? ¿Cómo pudo...?

—Yo se lo he dicho —respondió Flora—. La humana quiere ayudarnos. Si no están aquí cuando el Consejo llegue, podemos decirles que conseguimos ahuyentarlos y fin del problema, todos felices. Los Cuatro se van contentos y nos quedamos todos en paz. Humanos incluidos.

—¿Mentirle al Consejo? ¿Pero te has vuelto loca? ¡No se les puede mentir! Además, ¿por qué habláis con ellos? ¿Esa humana pinta un cuadro con tu rostro y ya es tu mejor amiga?

Wendy dejó de mirar a Rubén y clavó la vista en Ash, con expresión severa.

—*Esa humana,* como acabas de llamarme, está intentando buscar una solución, cosa que ni tú ni tus grititos nocturnos habéis conseguido de momento.

Ash se quedó boquiabierto. Giró la cabeza y le habló a su esposa.

—¡Me ve! ¡Por si faltaba algo, me ve! Eso se lo has enseñado tú, ¿verdad? ¡Me voy un día y repartimos legañas de gato como si fueran caramelos! ¡Todos estáis en mi contra!

Rubén miraba al aire sin entender.

—¿Con quién estás hablando, Wendy? ¿Y qué hace el gato…?

Caligari había entrado en la cocina y se revolcaba en el suelo, ronroneando, mientras Bebé le rascaba la barriga. El gato, a fuerza de verlo, había entendido que esa pequeña criatura no quería hacerle daño y se resignaba, con alegría, a sus constantes caricias.

—Hablo con el fantasma gordo, Rubén, que tiene la cabeza tan dura como tú.

—¿Me ha llamado gordo? —gritó Ash, estirando ambas manos hacia Wendy.

—¿Puedes verlos? —dijo Rubén—. ¿Están aquí ahora?

—¡No confundamos gordura con ectoplasma abundante!

Wendy soltó un suspiro aburrido y caminó hacia el cajón de la verdura. Cogió una cebolla, la colocó sobre una tabla de madera y dejó un cuchillo al lado.

—Corta esta cebolla. No preguntes.

Rubén obedeció. Cuando su esposa se ponía así, no había nada que discutir. Mientras tanto, Wendy se agachó junto a Caligari y le pasó un dedo alrededor de los ojos.

—Permiso, gatito. Ya te dejo jugando con tu nuevo amigo.

—¿El gato está jugando con alguien? —preguntó Rubén, con los ojos llenos de lágrimas causadas por la cebolla.

Wendy le pasó el dedo por las comisuras de los ojos y amasó el agua con las legañas.

—Esto te va a escocer un poco, pero tienes que aguantar. A ver si podemos hablar como adultos —respondió su esposa, mientras aplicaba la pasta sobre el puente de la nariz de su marido.

La reacción fue la esperada. Rubén dio el salto hacia atrás, el mismo que cada humano daba, desde hacía siglos, cuando un espectro le revelaba el secreto de la visión felina.

—¡Están aquí! ¡Puedo verlos! ¡En nuestra cocina! ¡Corre, trae la campana! —gritó desesperado mientras se refugiaba detrás de una silla.

Wendy puso las manos en los hombros de su esposo.

—Cálmate un poco, Rubén. Deja que te expliquemos…

—¿*Expliquemos*? —preguntaron a la vez Ash y Rubén, en medio de una humareda repentina.

No era la primera vez que coincidían en una frase y no iba a ser la última.

—¡Las tostadas! —gritó Wendy al ver el humo que salía del tostador.

—¡No hay nada que explicar! ¡Son fantasmas, Wendy! ¡Fantasmas! ¡Nadie quiere vivir con semejantes monstruos en la misma casa! ¡Mira lo que le está haciendo ese enano transparente a nuestro gato! ¡Le quiere arrancar el estómago! ¡Son bestias salvajes! —gritó Rubén fuera de sí—. ¡Con ellos todo es asco, mugre, podrido y roto! ¿Cómo vamos a poner un hotel con *estas cosas* dando vueltas por aquí, incapaces de hacer algo que no sea horrendo?

Ash y Flora se quedaron sin palabras ante semejante ofensa. Bebé dejó de rascar al gato y le sacó la lengua al humano. Pero la reacción de Elanor fue la protagonista.

—¡Ya está bien! —gritó la fantasma con la garganta de Iván. El muchacho, dominado por Elanor, señaló a su padre con severidad—. ¿Quieres ver algo bonito? ¿Quieres ver cómo los fantasmas no somos *bestias salvajes*?

—Elanor… por favor… —susurró su madre.

—¿Iván? ¿Qué te ocurre, hijo? —preguntó Rubén.

Pero el jovencito ya iba hacia el piano a grandes zancadas. Levantó la tapa de un golpe y, con la destreza de

Elanor, comenzó a tocar una melodía bellísima. Mientras duró la música, nadie reaccionó. Solo al terminar, Rubén logró decir:

—Pero… ¿cuándo has aprendido a tocar de esa manera, hijo?

—No soy yo el que lo hace, papá… Te presento a Elanor. —Y el mismo Iván levantó su mano y dijo—: Hola, señor. ¿Has visto cómo también podemos hacer cosas bonitas cuando nos lo proponemos?

—¿Elanor? Pero… ¿estás en el humano? No puede ser, a menos que… ¡Flora! ¿Has dejado que la niña use el truco del titiritero? —rugió Ash.

Su esposa intentó explicarle lo que había pasado, pero el fantasma estaba tan fuera de sí que atravesó lleno de rabia los cristales de la ventana, destrozándolos a su paso. Bebé se puso a llorar del susto. Al parecer, era la mañana de los cristales rotos.

Rubén, por su parte, salió de la casa dando un portazo. Todo esto le había servido para tomar una decisión. Era hora de terminar con todo aquel… problema.

Solo quedaron Iván y Elanor sentados en el piano, Flora y Wendy abatidas y Caligari con Bebé.

—Esto no ha salido nada bien… —murmuró Flora, raspándole lo quemado a una tostada oscura.

—Ni que lo digas… —coincidió Wendy.

25

El anfritrión habla de Doménico

Noto ansiedad en tu rostro y no te culpo. Fue un momento tenso: ese intento de bandera blanca hecho jirones, esos padres descubriendo la unión accidental de sus hijos, esa guerra que se estaba llenando de agujeros. Tomemos un descanso, mientras terminamos de recorrer los senderos del jardín.

Creo que es hora de que te hable de Doménico. El jardinero se mantenía ajeno al conflicto por una simple razón: poco le importaba quién ganara. Él solo quería terminar de arreglar este lugar, algo le decía que un jardín espectacular era su tarea pendiente. No carecía de lógica en el fondo. En tantos años, y por diversas razones, jamás había conseguido terminar de decorarlo, y eso se parecía demasiado a un castigo.

Alguna vez, Doménico había sido humano y había trabajado en la casa. Era dedicado y obsesivo, y cada día revisaba los canteros, arrancando malas hierbas y fumigando insectos. Es justo decir que su jardín era el más hermoso del pueblo, y Doménico se enorgullecía de eso. Pero una mañana, el dueño de la mansión le ordenó cavar un pozo en el medio del césped. El hombre había encontrado un tesoro procedente de un naufragio, y no se sentía tranquilo con esos objetos valiosos bajo el techo de su casa. Enterrarlos en el jardín le pareció una buena idea. A Doménico, no.

El jardinero se negó a destrozar aquello a lo que tanto esfuerzo había dedicado, y el dueño de la casa, un marino que no toleraba la desobediencia, lo despidió. Doménico, descontrolado por la ira, tomó una pala y comenzó a destruir todas las plantas que con tanto amor había plantado. Volaron por los aires las rosas y los narcisos, las azaleas y los jazmines. Destrozó los ángeles de mármol de la fuente y las vallas de madera que protegían los canteros.

El dueño del lugar intentó calmarlo, pero Doménico no escuchaba. Se acercó a la pared, a esta misma pared, y comenzó a arrancar la hiedra que trepaba hasta las alturas, allí donde vigilan las gárgolas. En este punto, la historia se pierde. Cuando Doménico despertó, estaba muerto. No podía recordar cómo había sucedido, pero ahora era un espíritu y no podía ir más allá de los límites de esta propiedad. Nadie sabe qué pasó con su cuerpo; se comenta que el viejo marino lo arrojó al mar y los peces lo devoraron.

Lo cierto es que el jardinero no pudo llegar a Próximo Lugar. Algo había quedado pendiente y, sin nada mejor que hacer, hizo lo único que sabía: trabajar en su jardín. La casa tuvo otros dueños, pero Doménico jamás abandonó su labor. Algunos propietarios se asustaban ante este jardín mágico que cambiaba semana tras semana; otros, reían al ver las macetas volar; y algunos pocos, como el señor Grimaldi, elogiaban su dedicación y disfrutaban de sus rosas. Luego, convertido también él en espíritu, pudo al fin estrecharle la mano y agradecerle su trabajo.

La señora Grimaldi, de la que ya te he hablado, se encargó de ayudar a Doménico para ver si así lograba cumplir su misión. Y es que esa es, al fin y al cabo, la principal tarea de algunos fantasmas: guiar a las almas sin destino. Son los que calman a los espíritus y les allanan el camino para llegar a Próximo Lugar. Otros, como Ash, se dedican al miedo. Una noble tarea también, que mantiene a los vivos alejados y sin posibilidad de entorpecer el trabajo de los espectros guía.

Pero el tiempo pasaba y el jardinero seguía allí, con su tarea inacabada aún convertida en un misterio.

26

Una sola silla en todo el baile

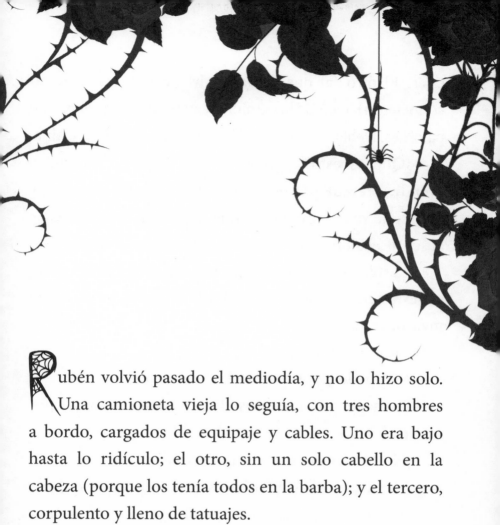

Rubén volvió pasado el mediodía, y no lo hizo solo. Una camioneta vieja lo seguía, con tres hombres a bordo, cargados de equipaje y cables. Uno era bajo hasta lo ridículo; el otro, sin un solo cabello en la cabeza (porque los tenía todos en la barba); y el tercero, corpulento y lleno de tatuajes.

—Y sí, jefe… Se los huele. Desde la entrada ya se los huele —dijo el más bajo en cuanto entró en la casa. Luego se dirigió al hombre calvo—. A ver, Nadeo, coloca seis trampas en planta baja; y arriba, cuatro por piso. De las verdes, no de las amarillas. Que se quemen bien quemados. Y sensores hasta en el techo.

El hombre calvo asintió y sacó unos triángulos de metal con luces parpadeantes de una de las

cajas. El otro (al que llamaban Irlandés y cuya voz no conocieron), bajó de la camioneta con dos jaulas llenas de palomas. Debía de haber, por lo menos, veinte en cada una.

—¿Qué es esto? ¿Quién es esta gente? —preguntó Wendy, alterada por el ruido. Estaba con las pinceladas finales de su cuadro y tuvo que dejar una roca a medias al sentir el alboroto—. Rubén, ¿qué está ocurriendo?

—La solución a nuestros problemas. Estos señores son expertos en amenazas del más allá. Mañana ya no habrá invasores.

Wendy apretó los dientes.

—No puedo creer que estés haciendo esto.

—Lo hago por nosotros. Por nuestros sueños, por nuest…

—¡No te atrevas a decir que lo haces por nosotros! —gritó su esposa—. ¡Lo haces por ti, porque quieres ganar al otro! ¡Y traes a esta gente a casa a pegar aparatos en las paredes! ¿Para qué es esto? ¿Para aturdir espíritus?

—No, señora. Para aturdirlos son los amarillos. Los verdes son alteradores ectoplasmáticos. Un puñetazo eléctrico, para que me entienda—dijo el hombre bajo.

—Y sensores de detección y palomas. A los fantasmas no les gustan las palomas. Las usamos para atontarlos —añadió el calvo.

Iván entró en comedor, intrigado por el movimiento. No le costó entender lo que estaba pasando. Ni a él, ni a Elanor.

—Iván, mejor os vais a otro lado. Id a la playa o algo, no están las cosas como para que andéis por aquí.

El chico (o la fantasma) hizo un gesto de disgusto y salió corriendo fuera de la casa, dando un portazo.

—Tenemos que avisar a mi padre. ¡Ahora mismo! —dijo Elanor.

Iván movía los pies al ritmo que la fantasma le imponía y agitaba los brazos para no caerse.

—¿Y dónde está ahora?

—En el sótano.

—¿Hay un sótano en la casa? Este lugar no termina nunca.

—Lo hemos mantenido oculto para que no pudierais encontrarnos. A papá no le va a gustar verte ahí, pero es un riesgo necesario—completó la fantasma.

Y se perdieron entre los arbustos, buscando la puerta secreta que comunicaba el sótano con el exterior. Sin duda, no poder atravesar paredes es una desventaja enorme.

Wendy se había apoyado contra el ventanal del salón y miraba hacia el mar. Se sentía triste. Todo había salido mal. Había pasado largas horas con la mujer fantasma buscando soluciones con forma de paz, y había sido inútil. El sueño de sus vidas se estaba convirtiendo en una de esas pesadillas que provocan despertares agitados, y el precio que estaban pagando era demasiado alto. Ya asomaban las primeras lágrimas cuando la mano de su esposo se apoyó en su hombro.

—Wen… ¿podemos hablar?

Ella asintió. Tomó la taza de té que su marido le había traído y bebió un sorbo.

—Mira… cuando pensamos lo del hotel, sabíamos que iba a ser duro. Pero nunca nos imaginamos que tendríamos que lidiar con… esto. Imagínate que nos vamos unos días de aquí y engañamos a esos Cuatro, como dices tú. Y luego, ¿qué? Volvemos e inauguramos el hotel. ¿Y después? ¿Qué les decimos a los turistas cuando griten aterrados? «Por favor, disculpad, es que tenemos un pequeño problema sobrenatural. Enseguida limpiamos el líquido verde que sale de las paredes». No va a funcionar, Wendy. Ellos tampoco están dispuestos a dejarnos vivir tranquilos. En este baile hay dos familias cansadas y una sola silla. Yo intento que la silla sea para nosotros, y tú deberías apoyarme.

Wendy pensó su respuesta antes de hablar.

—Voy a ser clara, Rubén: invertimos casi todo lo que teníamos en este proyecto. Hablo de tiempo y hablo de dinero. Solo nos queda esto y mucha voluntad. A ellos les pasa lo mismo. Entre gente como nosotros, *luchar* debería ser mala palabra. Acepto que hay solo una silla, pero, si lo intentamos, la silla puede ser grande y tener espacio para todos. Solo hay que pensar cómo hacerlo en vez de poner trampas verdes o amarillas en las paredes.

Rubén miró al suelo, con el ceño fruncido.

—Ellos no son gente. No tenemos nada que ver con esas… *cosas*. No nos parecemos y no nos entendemos. Siempre dices que ya es hora de que tome decisiones. Bueno, pues es lo que estoy haciendo. ¿Soy una mala persona por querer proteger a mi familia? Lo único que deseo es que Iván me mire con orgullo.

—Busca otra manera, porque de momento no está funcionando.

—¡Es por esa fantasma que lo maneja como quiere! ¡Bastante imprudentes fueron esos chiquillos! Pero ya verás cuando se la quite de encima, va a entender lo que estoy haciendo. Y tú también.

Una tos cercana interrumpió las palabras de Rubén. El hombre bajo estaba en el marco de la puerta, con la gorra en la mano.

—Disculpe, jefe… El trabajo está terminado. Suelte las palomas en cuanto se activen los sensores. Colocamos también celdas de eliminación en todas las habitaciones.

Con los vivos no funcionan, así que pueden caminar tranquilos. Pero, cuidado, que he visto que hay un gato en la casa. Si mete la pata en una de las celdas… adiós. Menos mal que estos animalitos tienen siete vidas, ¿no?

Ya no era así. Pero ninguno de los que ahí estaban podía saberlo. A Caligari solo le quedaban dos, y por eso se movía con delicadeza y miraba las esquinas antes de girar.

—¿Y qué pasa si uno de los fantasmas pasa por encima de las celdas? —preguntó Wendy.

—Lo que le pasa a un cubo de hielo en agua caliente —dijo el hombre, chasqueando los dedos en el aire—. Nosotros no perdemos el tiempo, si hay plaga, la exterminamos. Los sensores detectan las presencias y preparan las celdas. Y las celdas… ¡Puf! —Y volvió a repetir el desagradable chasquido, ahora con mayor velocidad—. ¡Nadeo! ¿Has terminado?

La voz del calvo se fue acercando a medida que descendía.

—¡Casi lo tengo! Acabo de poner algunas en el desván. —Y entonces, apareció por la escalera—. ¡No te imaginas! Allí arriba tienen un tapiz con un hacha. ¡Y el hacha se ha movido! ¡Está pintada y se ha movido! ¡Estoy seguro!

—¿Y para qué lado se ha movido? —preguntó Rubén, sin ocultar la ansiedad.

—Para la izquierda, hacia la armadura vacía.

Rubén sonrió y miró a su esposa.

—¿Ves? ¡Estamos a punto de vencer!

Wendy solo apoyó la taza en el marco de la ventana y salió del salón a paso ligero, mordiendo palabras oscuras.

Los exterminadores subieron a su camioneta y, mientras arrancaban, prometieron resultados inmediatos.

—Los va a freír, jefe. No se preocupe que de esto sabemos mucho, no es la primera vez que limpiamos una mansión. Por algo el señor Piña nos recomienda una y otra vez. No fallamos —dijo el calvo antes de desaparecer entre una nube de polvo.

Rubén los creyó. Había llamado a estos hombres y había hecho lo que se supone que hay que hacer cuando toca defender a la familia, aunque la familia no lo entendiera. Y, sin embargo, no se sentía bien.

En cuanto se alejaron, el hombre bajo sacó su teléfono y marcó el número de Piña.

—Sí, ya estamos fuera, ningún problema. Pusimos todo lo que había que poner… Sí, los micrófonos también. Si enciende ahora el aparatito que le dejamos, va a poder escucharlo todo. No, del tesoro no hay noticias.

Revisamos hasta la última puerta. Si lo tienen escondido, lo tienen muy escondido, buscamos bien por toda la casa con la excusa de los sensores. Nada. Debe de tener un conjuro de ocultamiento o algo así. No es la primera vez que nos pasa. Mañana nos acercamos a su oficina a por el dinero, gracias... ¡Ah! Una cosa más... Tenía razón. la señora está enfadadísima. Y el hijo, ni le cuento. Sí, esta gente está a punto de explotar. No sé cómo lo hace usted, pero todo ha ido como nos dijo.

La camioneta siguió su camino tras haber aportado su semilla de caos a esta historia. Una más, como si hiciera falta.

27

Tal vez, saltar
hacia las rocas

Ash tuvo que vencer la resistencia que le causó ver al enemigo en su sótano. Se repitió, hasta calmarse, que en ese cuerpo estaba su hija, quien ahora hablaba a toda velocidad, relatando con detalle lo que pasaba en la planta de arriba. Flora había colocado sobre la espalda de Iván una lona polvorienta para protegerlo de la humedad infecciosa del lugar.

—¡Tengo calor, mamá! No hace falta que me abrig…

—Sin quejas —se apuró a decir Flora—, que este cuerpo es prestado y no queremos que enferme. No olvides que lo que le pase a él, también te pasa a ti.

Elanor suspiró y se dejó tapar. Bebé trepó hasta sus brazos y se dedicó a jugar con ese rostro humano tan accesible, mientras la fantasma seguía con su relato.

—Y llenaron la casa de alarmas y de sensores y de unos aparatos triangulares verdes y de palomas. ¡Trajeron palomas! —dijo, agitando con fuerza las manos de su títere.

—¿Qué vamos a hacer, Ash? —preguntó Flora.

El padre no dijo nada. Pero su mandíbula y sus puños cerrados hablaron por él.

—Papá… no vayas a hacer una locu…

Tarde. Ash se lanzó a través del techo con un rugido. Los fantasmas no tienen permitido herir a nadie, es cierto. Romper esa norma implica castigos terribles; pero aquellos humanos buscaban hacer daño, a él y a los suyos. Eso cruzaba todos los límites. Ash también estaba dispuesto a cruzarlos, aunque conllevara la condena del Consejo de los Cuatro.

Apareció en el salón, con el pecho agitado y los músculos tensos, justo a tiempo de ver a Wendy cruzar el lugar hecha una furia. Los cazadores de espectros estaban fuera, cargando su equipo en la camioneta. Ash vio las palomas en el salón y decenas de cables diseminados por el suelo, aquí y allá. Desde todos los ángulos se escuchaba un zumbido eléctrico flotando en el aire.

Una mano lo tomó del brazo. Flora estaba tras él y lo miraba con tristeza.

—Ash… esto es demasiado… incluso para nosotros.

—¡No pienso abandonar! ¡Es nuestro hogar! ¡No voy a permitir que este humano me gane la partida!

—¿Ni aunque estemos en peligro? Salgamos de esta casa antes de lamentarlo. Podemos conseguir otra. Vamos a estar bien… como siempre. Hasta ahora.

Ash no podía creer lo que escuchaba. ¿Renunciar a la casa? ¿Eso quería?

—¡Estos humanos no nos van a destruir! ¡No lo dudes ni por un momento!

Su esposa respondió con severidad:

—No. Tu soberbia nos va a destruir antes.

Esas palabras eran desconocidas en boca de su mujer. La humana la había contaminado. Flora siempre lo había admirado, siempre lo había visto como a un héroe. Pero ahora se había convertido en una fantasma desafiante, altiva… y espantosamente lógica. Eso añadió más leña al fuego.

Ash no respondió y se lanzó hacia delante, en busca del padre humano. Un abrasador calambrazo sacudió su brazo como si el mar entero se lo hubiera tragado.

—¡Son los sensores de los que te hablé, papá! —gritó Elanor, arrastrando a un jadeante Iván hacia el salón, aún con la lona sucia sobre los hombros.

—¡Maldición! ¡No los veo! —gruñó Ash, sujetándose el brazo herido.

Flora miró a su alrededor con miedo.

—Voy a darle el control a Iván —anunció Flora—. Me dice que tiene una idea y que quiere ser él quien os la cuente.

Iván tomó la palabra mientras sujetaba la lona sucia de sus hombros.

—Quiero probar algo. Cuando tenía diez años, me gustaba imaginar, con una linterna y un poco de talco, que tenía uno de esos sables de luz de *La Guerra de las Galaxias*. No creo que esto sea muy diferente.

Agitó con fuerza la lona. Todo el polvo acumulado durante años sobre ella voló por el aire y, entonces, sí: revelados por las partículas de suciedad que los atravesaban, decenas de rayos luminosos aparecieron frente a ellos. Era como una de esas películas de robos imposibles en las que el ladrón debe esquivar haces de luz para llegar a la caja fuerte.

Los fantasmas se quedaron inmóviles. Estaban rodeados de rayos por arriba y por todos los lados. Era casi imposible moverse sin que les rozase alguno. Al mismo tiempo, los zumbidos aumentaron. Activadas por los sensores, las trampas triangulares se encendieron, listas para aniquilar a todo espectro que se atreviera a pasar sobre ellas.

Desde diferentes lugares, Wendy y Rubén llegaron al comedor.

—¿Qué está ocurriendo? ¡Ay, no! ¡No os mováis! —dijo la humana, angustiada al ver a los fantasmas atrapados.

Por su parte, Rubén corrió hacia las jaulas de las palomas.

—¡Rápido, Wendy! ¡Ahora o nunca! —Y habría liberado las aves si su propio hijo no se hubiera interpuesto en el camino.

—¡No, papá! ¡No hagas esto! —Ese *papá* solo podía significar una cosa: que era el propio Iván quien hablaba.

Su hijo estaba en su contra. Su esposa, también. Estaba luchando solo. Muy bien, si así tenía que ser, que así fuera. Acercó una mano a la jaula, pero un grito de horror lo detuvo.

—¡Bebé! —chilló Flora.

Bebé había llegado en medio de la discusión. Gateaba por el suelo, tan tranquilo y alegre, buscando a Caligari. Flora intentó acercarse a su hijo, a pesar de los rayos que le abrasaban la piel. Pronto entendió que no iba a llegar a tiempo. Una de las trampas triangulares latía a la espera del pequeño.

Ash también se lanzó hacia Bebé, soportando cada herida con los dientes apretados. Elanor gritó de espanto con Iván. La mano de Bebé se estiró hacia ese extraño objeto que tenía esas luces tan atractivas y que vibraba como si estuviera vivo. ¿Qué sería? ¿Algún juguete?

Nunca había visto algo parecido. Quería tocarlo. La luz de la celda se intensificó y Wendy cerró los ojos para no ver lo inevitable.

Fue entonces cuando una masa sólida y peluda atravesó el comedor a toda velocidad, con sus ojos felinos atentos a la trampa. Algo le decía que esa cosa con luces no era buena. Bebé se detuvo, feliz por haber encontrado a su amigo. Caligari saltó hacia él y, tal vez sin querer, tal vez queriendo, puso una de sus patas dentro de la trampa. La descarga eléctrica lo hizo saltar por los aires y caer al suelo inconsciente. Rubén no pudo asegurarlo, pero le pareció ver algo que brotaba del cuerpo del animal y se escabullía como una sombra entre los sillones. Al gato solo le quedaba una vida, y la tenía puesta.

La tensión podía cortarse con un cuchillo. Flora estrechó a Bebé con sus brazos chamuscados. Rubén, casi contra su voluntad, consiguió balbucear, lleno de culpa:

—¿Está bien? ¿Se ha hecho daño?

Ash, con los ojos de tormenta, se deslizó entre los sensores hasta colocarse frente a los humanos. Wendy sabía que algo malo estaba a punto pasar. Pudo entender que ese fantasma era capaz de todo. Y que ellos se merecían ser castigados por lo que acababa de ocurrir.

—Esta va a ser la última vez que os lo digo. Tenéis que iros ahora mismo de esta casa —bramó Ash.

Rubén solo negó con la cabeza. No iba a moverse de ahí.

—Casi pierdo a mi hijo por vuestra culpa —continuó el fantasma, mientras levantaba la mano.

Entre sus dedos había una pequeña gelatina que latía como si estuviera viva. Flora no pudo evitar la exclamación.

—¿Un ariete? ¿De dónde lo has sacado? ¡Ni se te ocurra usarlo!

—¿Qué es un ariete? —preguntó Wendy.

Ash se acercó hacia ella.

—Un abrepuertas. Un destructor de resistencias. Con esto, nada puede impedirme entrar en vosotros y usaros como títeres. Y una vez dentro, las posibilidades son infinitas. Puedo hacer que os peleéis hasta el odio, y otras cosas mucho más interesantes que enseñaros a tocar el piano. —Y, al decir esto, miró a Elanor—. Tal vez os haga correr hasta que os estallen las piernas de cansancio. O puede que no os deje pestañear, algo que llega a resultar insoportable. O que os obligue a comer betún para zapatos. O saltar hacia las rocas.

La rabia aumentaba con cada palabra que decía.

—Ash… —suplicó su esposa—. Nosotros no somos así… Nosotros… ¡Ay! —se interrumpió con un gemido.

Un nuevo haz de luz le había traspasado el brazo. Eso fue suficiente. Sin pensar en las consecuencias, Ash lanzó el ariete contra Wendy. La gelatina se incrustó como una garrapata en el brazo de la mujer, y no pudo hacer nada para arrancársela.

Ash ascendió para tomar impulso, ajeno a la mirada desesperada de su esposa, y se lanzó como un misil hacia la humana. Una vez que ella fuera su títere, obligarlos a huir sería cuestión de minutos.

Aunque el precio a pagar fuera ser dueño de una casa hermosa y el padre de una familia que se avergonzaba de él por haberla conseguido.

28

El anfitrión habla sobre el día después

¿Quieres saber lo que ocurrió? Nada. Lo que oyes, nada. El gran fantasma, el que era capaz de todo, fracasó. Como si una fuerza protectora rodeara a la mujer, Ash rebotó contra ella y cayó hacia atrás, tan mareado como sorprendido.

El ariete había resultado ser completamente inútil. El señor Erizo lo había engañado. Pero, por otra parte, el revelador de miedos había funcionado. ¿El hechicero era un estafador o no lo era? ¿El ariete estaba estropeado o la humana era dueña de algún tipo de protección desconocida?

Con las mejillas enrojecidas por la humillación, el fantasma miró a los allí reunidos (con odio a los vivos, con vergüenza a los suyos) y se escabulló entre las vetas del suelo jurando venganza.

Las mujeres de ambas familias se contemplaron con tristeza. Nada habían podido hacer contra la feroz rivalidad a la que sus maridos se habían entregado. La casa, entonces, tembló. Sí, tembló, y no es una metáfora. La energía de los cimientos se debilitó por un instante, fruto del abandono al que Ash la había sometido. Flora le dedicó una última mirada a Wendy y, sin decir nada, descendió a fortalecer el conjuro, llevándose a Bebé con ella. Caligari, ya recuperado, se lamió la pata, que aún olía a pelo quemado.

Esta hermosa casa estuvo a punto de derrumbarse aquella noche. En realidad, todo lo estuvo. La luna se deslizó manchada de rencor. Rubén se levantó de madrugada y, lleno de culpa, desconectó las trampas que los exterminadores habían dejado. Su esposa lo escuchó, aunque fingió estar dormida, y suspiró aliviada. Si todo lo que acababan de vivir había servido para que su marido volviera a ser el hombre de siempre, bienvenido sea el mal trago.

Elanor dejó dormir a Iván sin causarle molestias. La idea de la lona y el polvo había sido buena, y su títere había sido generoso con su familia al haberlos salvado de unos dolores insufribles. Cuando estuvo segura de que el muchacho dormía, lloró. Porque, a excepción de su padre y de Rubén, todos se habían dado cuenta de que esta guerra, como la mayoría de ellas, era evitable.

El día siguiente amaneció nublado. Todos pasaron la mayor parte del tiempo sin hablar.

Ash flotaba por el jardín, pensativo. Casi sin darse cuenta, jugueteó con el cráneo de rata que el señor Erizo le había dado. Toda una legión de ratas vudú a su servicio. Hambrientas ratas de ultratumba. Tentador. Pero no, no podía usarlas. Era demasiado. Las palabras de su esposa volvieron a su cabeza. Ir a otro lugar. Irse. Podrían hacerlo, claro, pero el honor... ¿Es que iba a dejarse vencer por unos humanos?

Terrible, ¿no crees? Un fantasma como él, acorralado. Un fantasma como él, indeciso. El que no tenía dudas, en cambio, era Vito Grimaldi. Aún se mantenía oculto, observando cada movimiento de sus adversarios. Había soñado con el fin de los fantasmas gracias a los artefactos de los cazadores de espectros y no había surtido efecto. Su última esperanza era la resistencia de esos humanos débiles durante dos días más, hasta que se cumpliera el plazo.

Tuvo miedo. Su propio final feliz dependía de situaciones muy frágiles. Como pasa con los malvados cuando ven su mundo caer, decidió que era el momento de hacer algo más contundente. Y con esa idea, voló hacia la oficina del señor Piña.

29

Lo que se cuenta por ahí

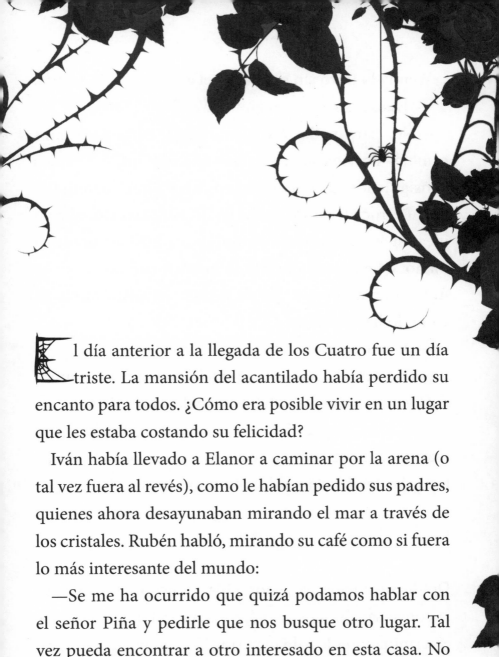

El día anterior a la llegada de los Cuatro fue un día triste. La mansión del acantilado había perdido su encanto para todos. ¿Cómo era posible vivir en un lugar que les estaba costando su felicidad?

Iván había llevado a Elanor a caminar por la arena (o tal vez fuera al revés), como le habían pedido sus padres, quienes ahora desayunaban mirando el mar a través de los cristales. Rubén habló, mirando su café como si fuera lo más interesante del mundo:

—Se me ha ocurrido que quizá podamos hablar con el señor Piña y pedirle que nos busque otro lugar. Tal vez pueda encontrar a otro interesado en esta casa. No creo que recuperemos todo lo que pagamos, pero sí lo suficiente para comprar algo más reducido en otra parte.

Wendy lo miró sin ocultar ni el asombro ni la alegría.

—¿Estás seguro? —preguntó Wendy.

—No, para nada. Me siento fatal. Pero decidimos cambiar de vida para ser más felices y no lo estamos consiguiendo. Soy peor persona ahora que cuando llegué. Retroceder unos pasos ya no me parece una mala idea, si la recompensa es que podamos seguir de la mano. Que esos fantasmas se queden con esta casa, lo único que quiero es que tú e Iván volváis a mirarme como lo hacíais antes.

—¿Y entonces…?

—Entonces, hacemos el equipaje, subimos a la camioneta y nos vamos al hostal del pueblo. Hoy mismo.

Wendy no respondió. Solo se lanzó a los brazos de su marido, feliz de haberlo recuperado. Eso valía más que todas las casas del mundo, con tesoros o sin ellos.

Desde su oficina, el señor Piña escuchó con disgusto la conversación. Los micrófonos que habían dejado los exterminadores le habían permitido seguir cada palabra.

Maldición. Aquella gente quería irse cuando faltaba tan poco para la llegada de esos famosos Cuatro. No podía permitirlo. Él se iba a ocupar de echarlos (gracias a esos papeles sin firma), pero los necesitaba allí durante las próximas cuarenta y ocho horas.

Vito Grimaldi llegó de repente. Contó con palabras atropelladas lo que había visto y oído, incluyendo los peligrosos regalos que el Erizo le había dado a Ash (sin mencionar la promesa de pago de la misma mitad del tesoro que a Piña) y el fallido acto de titiritero que mantenía unidos a los hijos de ambas familias. El vendedor miraba al techo mientras escuchaba, era su forma de pensar. Cuando el fantasma terminó su relato, ya sabía qué hacer.

El señor Piña habló, Vito escuchó, asintió y regresó a la mansión a hacer su parte.

🐜🐜🐜

Para ser justos, hay un error al comienzo del capítulo. No fue un día triste para todos. De hecho, para uno fue el mejor día de su larga existencia como espíritu (al menos, hasta que llegó la decepción). Porque, así como tantas veces el clima, la mala suerte y los intrusos habían arruinado sus esfuerzos, esta vez lo había logrado.

Con temor, como si estuviera esperando una catástrofe tardía, Doménico tomó su pala, hizo un pozo y plantó la última azalea que le quedaba. Su jardín, tras duros años de esfuerzo y trabajo, estaba terminado. Ahora solo tenía que esperar a que se abriera la puerta de luz y entrar en Próximo Lugar.

El espíritu esperó, mirando hacia las nubes. Y eso fue todo. No hubo luz, no hubo música, no hubo más que espera. Doménico se inquietó, luego se desanimó y, por último, sintió cómo la furia le hacía temblar. En esta ocasión, pudo contenerla. La última vez que tuvo esa sensación terminó con un jardín hecho pedazos y un muerto. Él mismo.

Suspiró, intentando recobrar la calma. Algo debía de faltar en el jardín. Algo se le había escapado. Alguna planta marchita escondida, un pozo oculto, un sendero torcido fuera de su vista. Algo había y lo iba a encontrar. Completar su asignatura pendiente dependía de eso.

Mientras tanto, Ash se acercó al acantilado con la intención de lanzar el cráneo de rata al mar. Y lo habría hecho, de no ser por esa voz desagradable y lastimera que apareció detrás de él.

—Oh, vaya… ¡qué incómodo! Se suponía que ya no estabais aquí —dijo Vito Grimaldi con timidez.

Ash lo recordó al instante.

—¿Otra vez usted? Pensé que su abuela le había dejado claro que esta ya no era su casa.

—Lo sé, lo sé. No hace falta que me lo recuerdes. Pero, con lo que se cuenta por ahí, pensé que tal vez era buen momento para volver.

—¿Qué es lo que se cuenta por ahí?

Vito retrocedió ante ese Ash que se acercaba. No se tuvo que esforzar mucho en teñir su voz con los colores del miedo.

—Nada que sea verdad, por lo que veo… He oído que la casa estaba libre… que os habían expulsado. Y no son pocos los fantasmas que se interesaron en venir, por eso quise darme prisa y…

—¡Nadie nos ha expulsado! —gritó Ash—. ¡Y nadie va a hacerlo!

—No lo dudo. De hecho, el rumor dice que los humanos se van hoy mismo de la mansión. Que abandonan este lugar para siempre.

Eso era nuevo para Ash. Y era una buena noticia. Si los vivos se marchaban, ellos podían quedarse. Las cosas se iban poniendo en su sitio poco a poco. Lo que no entendía era cómo había deducido Vito Grimaldi que tras el abandono humano venía la expulsión de los fantasmas.

—Como verá, señor Grimaldi, no hay posibilidad alguna de que alguien ocupe la casa. Ni usted ni nadie —dijo, aparentando estar al tanto de la situación.

¿De verdad se iban los humanos? ¿Había terminado la guerra? En cuanto consiguiera que ese visitante indigesto se marchara, iba a tener que investigar. Pero Vito Grimaldi aún tenía algo más que decir.

—Claro, claro… Pero… hay un problema. No es un gran problema, si se mira bien. Los humanos se van por cansancio, podríamos decir. Se van porque la casa les está comiendo la alegría, pero no por miedo. O sea, que, y fíjate qué detallito más tonto pero que lo cambia todo, no habéis conseguido asustarlos.

La felicidad de Ash se evaporó.

—Pero… se van… Hemos conseguido que se marchen…

—Sí, yo lo entiendo perfectamente. El asunto es que estos señores… los Cuatro y sus leyes y sus exigencias… todavía insisten con todo eso de los humanos huyendo a gritos, con cara de pánico… Ya sabes cómo son. Si no hay miedo no les sirve. Llegan mañana por la noche, ¿verdad? Seguro que se les puede engañar, no te preocupes. Dicen que pueden oler el miedo… pero aquí el único aroma que hay es el de las rosas. El viejo Doménico ha hecho un gran trabajo. Felicítalo de mi parte, por favor. Bueno, tengo que irme.

—¡Usted no se mueve de aquí! ¡Espere un momento! —dijo Ash, sin poder disimular la inquietud.

Voló hacia la casa y atravesó los dormitorios como una ráfaga. Vio a los humanos haciendo el equipaje. Guardaban sus pertenencias, colocaban el calzado en bolsas y ajustaban otra vez la jaula del gato. Se iban. Se iban porque querían hacerlo. No por él. No por su talento.

Abatido, volvió junto a Vito Grimaldi.

—¿Estás bien, Ash? Te noto más transparente de lo normal.

Su esfuerzo había sido inútil. La guerra, el ruido, el odio, los sacrificios. Los Cuatro iban a volver y no había vencedores. Sin miedo no hay triunfo en el mundo fantasmal. Y la casa iba a quedar en manos de ese espectro arrogante o, quién sabe, de algún otro menos digno aún.

Vito se esforzó en ocultar su satisfacción. Sus palabras habían desgarrado la confianza de Ash. Lo que el señor Piña le había dicho estaba funcionando. El vendedor era astuto, iba a tener que ser cuidadoso a la hora de eliminarlo. Viendo a Ash con la moral tan baja, asestó el golpe final:

—Esto va contra mis intereses, pero le prometí a mi abuela ser un buen fantasma. No está todo perdido, todavía puedes horrorizarlos, eres un gran ahuyentador. Seguro que hay algún recurso que aún no has usado. El tiempo se acaba y la casa despierta mucho interés. No olvides que esconde un tesoro. Y una casa con tesoros ocultos da mucho prestigio a cualquier espectro que la posea.

—Váyase ahora —masculló Ash—. No quiero volver a verlo.

—Sí… ya me voy… Nos veremos mañana, seguramente —respondió Vito antes de desaparecer, dejando a Ash hecho pedazos.

¿Qué podía hacer? Elanor seguía atrapada en el chico, el padre humano lo odiaba, Flora lo miraba sin brillo en los ojos… Irse. Quedarse. Asustar. No hacerlo. El tiempo se terminaba.

«Seguro que hay algún recurso que aún no has usado», le había dicho Grimaldi. Se miró las manos. Lo único que tenía en ellas era un cráneo de rata vudú que brillaba, que pedía ser invocado.

30

Esto es lo que arruina todo

Vito Grimaldi se escondió, ansioso por ver la derrota del enemigo. Ash no iba a poder resistirse a ese orgullo oscuro que a veces lo manejaba.

Tenía su gracia. En cierta forma, Ash también era víctima de la técnica del titiritero. Vito se sintió animado. Los humanos se marchaban (por decisión propia, por los papeles de Piña o, y sonrió al pensarlo, por sus talentos espectrales) y los fantasmas iban a ser castigados con dureza si Ash no se resistía a usar el cráneo de rata. Y Vito estaba seguro de que no iba a poder resistirse. Hacer daño a los humanos era una falta gravísima, y los castigos, ejemplares.

Iván apareció corriendo. Vito se encogió detrás de una roca.

—¡Papá! ¡Ven! —gritó Elanor. Ash se sobresaltó. No se terminaba de acostumbrar a ver a su hija en un cuerpo prestado. El muchacho estaba despeinado y con una clara necesidad de un baño caliente—. Te estaba buscando, papá. Los vivos quieren hablarnos, ¡me parece que nos van a dar una buena noticia!

No era una buena noticia y Ash lo sabía. Apretó el diminuto cráneo en su mano con fuerza, a punto estuvo de hacerlo crujir. Voló tras los pasos de su hija, que corría de vuelta al jardín, lugar elegido para la reunión.

Había que reconocer que Doménico lo había logrado. El lugar rebosaba de flores y, si bien no había un solo fantasma en Otra Vida que pudiera decir que eso era *bonito*, tenía algo que invitaba a quedarse y disfrutar. Los gustos humanos no eran tan espantosos, después de todo.

En un cruce de senderos, Rubén y su esposa esperaban sentados en un banco. Flora levitaba frente a ellos y Caligari jugaba a cazar a Bebé, que se escabullía bajo la tierra para desconcierto del gato. Iván llegó jadeando y se sumó al grupo.

Su madre no pudo evitar una mueca de desagrado.

—Hijo, lamento decirte que no puedes seguir así. Necesitamos que te des una ducha urgentemente. En serio.

—Cuando Elanor salga, te prometo que lo primero que hago es bañarme —respondió Iván—. No pienso quitarme la ropa delante de ella. —Y, de pronto, tomando el control, Elanor añadió—: No puedo convencerlo, señora, es cabezota como él solo. Creo que tiene más problemas con el jabón que conmigo.

—¿Qué es lo que ocurre? ¿Qué quiere decirnos esta gente? —preguntó Ash mientras se incorporaba al grupo.

No le gustaba estar ahí, no le gustaba que lo vieran contra su voluntad y, sobre todas las cosas, no le gustaba tener que hablar con aquellos humanos que tantos problemas le habían causado.

Rubén se puso de pie. Intentó parecer fuerte, a pesar de la tristeza.

—¿Quieres saber qué ocurre? Pues que nos vamos. La casa es vuestra. Nos quedaremos en el pueblo hasta que nuestros hijos… vuelvan a ser dos, así que, tranquilos. Prometemos que nada le va a pasar a vuestra hija y que va a regresar sin problemas. Y luego, nos vamos.

Esferas de ectoplasma brotaron de los ojos de Flora. Los fantasmas lloran de maneras extrañas. Ash, sin abandonar la soberbia e intentando el milagro, se animó a decir:

—Veo que finalmente hemos conseguido aterrarlos. Ha sido una buena batalla.

249

La carcajada burlona de Rubén impactó directa en su pecho.

—No, no ha sido así exactamente. Nos vamos, pero lo que os dije la primera vez, os lo repito ahora: nunca os tuvimos miedo. Disfrutad de la casa sabiendo eso.

—Rubén… no me parece momento… —sugirió Wendy, y añadió, mirando a los espectros—: Disculpadlo… disculpadnos. Vosotros sois fantasmas realmente escalofriantes, pero el miedo es un lujo que no nos podemos permitir. El miedo paraliza, y si hay algo que necesitamos ahora, es movernos. Lamento que esto sea una desilusión para vosotros.

—Pero… ¿por qué os vais así? ¿Qué os ha hecho cambiar de opinión? —preguntó Flora, confundida.

—Este brutal enfrentamiento —respondió Wendy—. Nos está destrozando. No vinimos aquí para ser las peores versiones de nosotros mismos. Queremos volver a mirarnos con alegría, queremos recuperar lo que la casa nos robó: acostarnos satisfechos y despertarnos entusiasmados. Y eso vale más que una mansión y la leyenda de un tesoro imaginario.

—Hay un tesoro. La señora Grimaldi dijo que había uno —aseguró Elanor.

—Pues disfrutadlo si aparece. ¡Disfrutadlo todo! —exclamó Rubén, que ya no podía contener el volcán de sensaciones que le llenaba la garganta. Cerró los ojos y se esforzó por hablar con voz serena—. No queremos pelear más. Agota nuestra energía, y la necesitamos para cosas más útiles. Como construir un hotel, por ejemplo.

Ash no se dejó seducir por esa falsa victoria. La sensación de triunfo iba a durar solo hasta el día siguiente, cuando llegara el Consejo y dictara sentencia con la excusa del fracaso.

Humanos que no huyen son humanos que no sirven. Sintió que el cráneo de rata latía en su mano. Era su última oportunidad. Todo podía ser rápido y sin heridos. Estaban en el jardín. Cuando las ratas llegaran, los humanos podían correr y escapar ilesos. Y su familia lo volvería a mirar con… ¿con alegría, como decían los vivos? ¿Qué versión de él era la que iba a aplastar el cráneo contra el suelo?

Flora notó algo en el silencio de Ash. Miró a su marido esperando un gesto, aunque fueran unas palabras de despedida. No de agradecimiento (eso sería pretender demasiado), pero sí de despedida. De amable despedida.

Ash apretó los labios y se preparó. Su mano ardía. Y su familia merecía lo que estaba a punto de hacer.

Vito Grimaldi, oculto tras un arbusto, no podía con su ansiedad. Estaba a punto de ocurrir…

—Es triste decir adiós a un sitio como este, ¿verdad? —dijo Ash con un suspiro. Parecía que su destino, desde que llegó a la mansión, era repetir frases de otros; en este caso, de la gran Olga Elizabetha Grimaldi. Hizo una pausa antes de pronunciar la siguiente frase—: Quiero que seáis vosotros los que os quedéis con la casa.

Vito ahogó un aullido de impotencia. ¿Qué estaba pasando? ¿Cómo era posible que todo saliera mal? Sintió que algo crecía en él, algo feroz, algo que pedía sangre y ectoplasma a gritos. Y Vito decidió que iba a obedecerlo.

—Ash… —fue todo lo que pudo decir Flora, y voló hacia su marido para abrazarlo.

Nadie lo conocía mejor que ella, y sabía lo mucho que le había costado decir aquellas palabras.

Ash, al verla volar hacia él, arrojó con disimulo el cráneo de roedor entre unas piedras. Temió que, si su esposa se daba cuenta de lo que había estado a punto de ocurrir, no se lo fuera a perdonar nunca. Wendy abrazó a Rubén y lloró, por tantas razones que las lágrimas no sabían en qué orden salir. Bebé abrazó a Caligari, solo porque parecía que era lo que había que hacer en ese momento.

—Tenías razón, Flora: vamos a estar bien. Siempre ha sido así. Y buscar otro lugar, sin humanos tan tercos como estos, no puede ser tan complicado —dijo Ash, libre de esa nube negra que le había crecido en el pecho—. Y Elanor, a ver si sales de una vez de esa bolsa de huesos malolientes, que echo de menos darte un abrazo.

Rubén dio un paso adelante y estiró la mano hacia su rival. Ash flotó hacia él y se la estrechó. No se dijeron nada, pero, por primera vez, se miraron sin rencor. Y eso era suficiente para que la guerra terminara.

—¡Aquí está, maldición entre las maldiciones! —estalló una voz estridente, rompiendo el clima de paz—. Ni plantas mal arraigadas, ni piedras torcidas, ni pozos mal tapados. ¡Este cráneo viejo es lo que impide mi salida de este mundo! ¿Cómo no lo he visto antes? ¡Nadie quiere huesos olvidados en el medio de un jardín!

Doménico alzó su pala, listo para corregir su error. Ash comprendió al instante e intentó gritar al tiempo que se lanzaba hacia él. Pero la pala fue más rápida.

Con un golpe certero, el jardinero destrozó el cráneo y los diminutos fragmentos de hueso saltaron en todas las direcciones. Por un breve instante, antes de que el aire se llenara de chillidos, antes de que los cuerpos peludos aparecieran, Doménico creyó que lo había logrado. Pero, una vez más, nada pasó. Nada, excepto la inquietante vibración que comenzó a extenderse por el suelo, provocando el desconcierto de los vivos y de la mujer fantasma y el alarido de Ash.

253

—¡Corred!

Nadie dudó en obedecer. Sobre todo, al ver el avance de una multitud de ratas de ojos malignos y carnes maltrechas que surgían desde las profundidades de la tierra y desde el mismo borde del acantilado, destrozando los canteros y pisoteando las flores.

Eran miles.

Y tenían hambre.

255

31
El anfitrión te
cuenta la batalla

Fue aquí mismo, ¿lo puedes creer? Las ratas vudú corrían unas sobre otras y no había un solo hueco en el jardín que no estuviera lleno de esos malignos roedores.

Doménico le daba patadas al césped, abatido. Su jardín era una masa informe de plantas arrancadas. Llegó a golpear algunas ratas, pero eran tantas que no pudo detenerlas.

Los humanos y los fantasmas entraron en la casa y cerraron bien las puertas. Fue inútil. Los cristales estallaron bajo el peso de las ratas. Debió de ser espantoso ver cómo se desbordaba ese río de animales putrefactos a través de las ventanas, escuchar los gritos de desesperación de Wendy, ser testigo del esfuerzo de ambos padres por volcar los muebles para impedirles el paso. Todo fue inútil. Esas ratas habían sido convocadas por un hechizo poderoso y no iban a detenerse hasta probar la carne tibia de los vivos. De hecho, y tal vez te resulte asombroso, ignoraron las jaulas con palomas que aún estaban en el gran salón.

Muchas ratas murieron (otra vez) en la lucha. Ash usó uno de sus trucos y transformó sus manos en las del Hombre Guadaña, con varios dedos extra y todos terminados en uñas afiladas. Rubén, armado con uno de los tablones que había comprado (lo único que había podido rescatar del comedor), también hacía volar por los aires a no pocos roedores. El resto de la familia intentaba refugiarse escaleras arriba, rumbo al desván. Pero, por cada rata que caía, tres más llegaban. Y nada parecía detenerlas.

Sí, es como dices. Un fantasma no puede ser herido por ratas vudú. Ash podría no haberse esforzado de la forma que lo hizo. Al no haber sido él quien convocó a las ratas (al fin y al cabo, Doménico había sido el invocador), ya no podía ser el culpable de haber causado la catástrofe. Pero su hija seguía prisionera en un cuerpo vivo y, como tal, iba a correr el mismo destino que el humano que la envolvía.

Flora se sumó a la defensa. Sacó a relucir garras y dientes, pero poco pudo hacer aparte de darles tiempo a los humanos para encerrarse en la parte superior de la casa. Wendy corría con Bebé en sus brazos y Elanor había dejado que Iván llevara a Caligari.

El desván parecía ajeno a la lucha que se mantenía unos pisos abajo. El hacha del tapiz se encontraba en medio de los caballeros, inmóvil. Raro, ¿no crees? Tal vez no fuera el mejor momento para fijarse en esto, con tantas criaturas que querían devorarlos, pero Wendy pensó en lo extraño que resultaba que el hacha siguiera en el mismo lugar cuando ya había vencedores y vencidos.

Rubén entró jadeando en el desván, con el tablón entre las manos, manchado con un líquido pegajoso y verde.

—¡Escondeos, están llegando!

Y la única reacción de Wendy y de Iván fue tomar el ala derecha y el ala izquierda del gran biombo y doblarlas hacia el centro, envolviéndose así en una especie de refugio triangular. Los guerreros de ambos mundos se convirtieron en los únicos testigos del miedo compartido entre madre e hijo.

Sostuvieron los bordes con fuerza, para que el espacio quedara cerrado y a prueba de ratas. Así lo hicieron, y un viento helado comenzó a soplar dentro de ese refugio improvisado, aunque no podían determinar de dónde procedía. De todas formas, no tenían tiempo de preocuparse por eso. Los chillidos que llegaban desde fuera eran ensordecedores. Confieso que no es la primera vez que cuento esta historia y aún se me eriza la piel al repetirla.

Rubén se preparó. Cambió el tablón por un viejo rastrillo de jardinería que estaba apoyado contra uno de los muros. Con un sonido acuoso, Ash y Flora llegaron a través de la pared. No podían ocultar la expresión de terror en sus rostros.

La puerta comenzó a temblar. Debajo de ella, asomaban narices heladas y colas largas y descarnadas.

Bebé, nervioso, escapó de los brazos de Flora buscando los de su madre. Caligari saltó tras él. Y fue entonces, mientras el gato aterrizaba en medio de la habitación, con los últimos rayos del sol dibujándole el contorno, cuando la puerta cedió y las ratas entraron a borbotones.

Rubén y Ash se prepararon para defenderse. Pero fue la vista de Caligari la que hizo que las ratas dudaran. Para las ratas, estén vivas o muertas, un gato siempre es un enemigo a tener en cuenta. La marea de pelos y dientes se detuvo unos segundos, el breve momento que necesitaron para entender que aquel felino no era más que un simple gato de carne y que ellas lo superaban en número. En pocos minutos, ese animal sería una pila de huesos. Y en menos de una hora, otros huesos serían añadidos al montón. Huesos más grandes y jugosos.

Entonces, Caligari arqueó el lomo. Nadie iba a hacer daño a los suyos. Y los suyos ahora eran ambas familias. Lanzó un maullido estridente, jamás escuchado. Hasta el mismo Ash sintió miedo. Un maullido que no era una amenaza, sino una llamada. Una llamada que fue respondida.

Lo que estoy a punto de contarte tal vez sea difícil de creer. Has sido realmente amable al querer escuchar mi historia, así que es posible que tu imaginación alcance para recrear la escena. Porque el suelo se sacudió, igual que las paredes.

Seis enormes cuerpos fantasmales surgieron de los muebles antiguos. Seis gatos descomunales armados con garras y colmillos. Las seis vidas arrancadas a Caligari habían llegado, listas para defenderlo. Los roedores dudaron, ahora con fundamentos. Seis espíritus felinos y un gato vivo, pero no menos fiero. Aunque ellas seguían siendo más y, por eso, algunas valientes se animaron al ataque. Fue lo último que hicieron.

Los seis gatos crecieron hasta alcanzar el tamaño de un león y su aspecto cambió hasta adquirir matices salvajes: colmillos largos como mi brazo, ojos llameantes, garras como espadas y bocas babeantes. El primer zarpazo partió a quince ratas por la mitad. Fue todo lo que necesitó el resto para huir escaleras abajo, perseguidas por las seis bestias. Caligari iba tras ellas, a cierta distancia, con la precaución de saberse guardián del último aliento.

Los roedores que lograron escapar de la casa corrieron hacia el acantilado, pero sus predadores no tuvieron piedad. Arrinconadas, las ratas cayeron una tras otra al mar, donde fueron engullidas por las olas.

Los humanos y los fantasmas llegaron a tiempo de ver cómo los seis felinos giraban en dirección a Caligari y lo esperaban con paciencia. Él estaba concentrado en lamer su lomo, con unas contorsiones que solo un animal como él podía realizar. Cuando terminó, miró a sus seis vidas y les dio las gracias con un movimiento de cabeza. Los gatos lo saludaron de la misma forma y, ya recuperado su tamaño normal, se despidieron frotando sus rostros, uno a uno, contra el de Caligari, en un impresionante concierto de ronroneos.

Si les quedaba alguna tarea pendiente, sin duda estaba saldada. Los animales resplandecieron hasta que los espectadores tuvieron que protegerse los ojos, y cuando todos pudieron volver a mirar, habían desaparecido. Solo quedaba un espacio vacío en medio del jardín destrozado. Una vez más, destrozado.

Sin embargo, nadie se percató de la presencia enfurecida que soltaba maldiciones desde un arbusto. Vito Grimaldi iba a arreglar las cosas. Ya no le importaban ni el Consejo de los Cuatro ni los plazos cumplidos ni las indicaciones de Piña.

Esto ya se había convertido en algo personal.

32

Ventajas de trabajar juntos

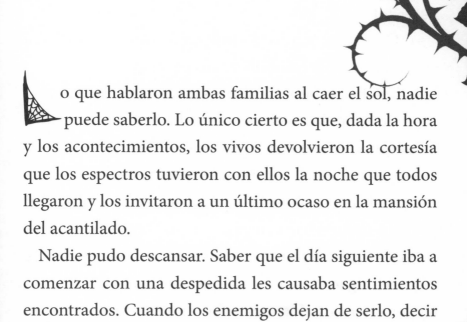

o que hablaron ambas familias al caer el sol, nadie puede saberlo. Lo único cierto es que, dada la hora y los acontecimientos, los vivos devolvieron la cortesía que los espectros tuvieron con ellos la noche que todos llegaron y los invitaron a un último ocaso en la mansión del acantilado.

Nadie pudo descansar. Saber que el día siguiente iba a comenzar con una despedida les causaba sentimientos encontrados. Cuando los enemigos dejan de serlo, decir adiós se hace más difícil. La lucha contra las ratas había limado asperezas.

El recuerdo de ese momento impedía dormir a Wendy. En pleno frenesí contra una muerte más que probable, acechados por unos roedores de ultratumba, había percibido algo. ¿Qué era? La idea se empeñaba en hablarle al oído con palabras confusas. Apretaba los párpados, pero lo único que podía recordar eran los chillidos de las ratas a través de la tela del tapiz.

Solo cuando llegó el amanecer encontró la respuesta.

Rubén no supo qué lo despertó primero, si el sol o los gritos de su esposa.

—¡Rubén! ¡Vamos, Rubén! ¡Iván! ¡Todos arriba! ¡Os necesito!

—¿Qué pasa, mamá? —preguntó somnoliento Iván, entrando en el dormitorio de sus padres.

Se frotaba los ojos, hinchados por la larga noche.

—¡Hola, hijo! Elanor, ¿sigues ahí adentro? ¡Necesito a tu familia en el desván!

—¡Voy por ellos! —dijo la fantasma, y obligó a Iván a correr hacia el sótano—. ¡Uf! ¿Cuándo se acaba esto? ¡Déjame despertarme en paz! —dijo, ahora sí, Iván.

Todos se encontraron en la parte alta de la casa, pese a que el lugar aún era un reguero de sangre verde. La noche anterior habían logrado sacar los cuerpos de los roedores muertos en grandes bolsas, pero limpiar todas esas manchas les iba a llevar, por lo menos, un día entero.

—Escuchad… He estado pensando toda la noche en esto. ¿Qué es lo más extraño que hemos vivido todos en esta casa? —preguntó Wendy.

Rubén señaló a Ash y Ash a Rubén.

—¡No! Bueno… la segunda cosa más extraña, entonces.

—Un jardinero muerto, pizza voladora, pintura que explota, seis gatos gigantes, puertas que se abren solas, una médium poseída, que yo toque bien el piano… —empezó a enumerar Iván, pero su madre lo interrumpió.

—¡Este tapiz! ¿Quién había visto antes un tapiz con partes que se mueven? Todo este tiempo hemos estado viendo esta cosa —dijo, señalando el hacha— desplazarse en la tela. Soplido de humano, soplido de fantasma. Uno contra el otro, a veces ganando, a veces perdiendo, en una infinita y estúpida…

—… competición —terminó de decir Flora.

—¡Exacto! —Y el grito de Wendy fue de sincera alegría—. Cuando las ratas llegaron, nos protegimos con el tapiz. Lo cerramos en tres partes… —Acompañó las palabras con el movimiento de sus manos, imitando el pliegue de los extremos del biombo—. ¡Y las dos armaduras dejaron de enfrentarse! Ya no soplaban una contra la otra; soplaban contra el hacha, en la misma dirección. Colaboración, no enfrentamiento. ¡Incluso pude sentir el viento que provocaban al soplar! ¡Ahora lo entiendo! Es difícil darse cuenta de algo cuando mil ratas te quieren comer viva.

Ash se acercó al tapiz y trazó una línea con el dedo que unía el arma voladora y el cofre de monedas sobre el que flotaba.

—¿Este era el acertijo que debíamos resolver?

Wendy se encogió de hombros.

—No lo sé. Pero esto no está aquí por casualidad. Lo que sí creo es que, si lo vamos a intentar, debemos hacerlo juntos. Este tapiz ha estado pidiéndonos ayuda todo el tiempo. Nosotros moveremos nuestra parte, y vosotros, la vuestra.

—Bueno... No tenemos nada que perder... —dijo Flora, sujetando el extremo del caballero fantasma.

Por un instante, lo terrible que les deparaba el día se desdibujó ante la idea de resolver un misterio. Wendy agarró el biombo por la parte del guerrero humano y contaron hasta tres. Juntas, empujaron las alas del biombo hacia ellas, hasta formar un triángulo. Apenas dejaron un espacio entre ambos extremos, y eso les permitió observar lo que ocurrió a continuación.

Los dos caballeros pintados giraron la cabeza hacia el arma, que ahora estaba frente a ellos, no hacia sus costados, y comenzaron a soplar. El hacha de doble filo empezó a sacudirse, rasgando con cada movimiento la tela sobre la que estaba pintada.

—Retroceded... —sugirió Ash.

Fue un buen consejo. El hacha se desprendió del tapiz y quedó suspendida en el aire. El filo de pintura se convirtió en metal, y el mango de tela, en hierro.

Ajenos al milagro, los caballeros continuaban soplando. Entonces, el arma empezó a girar sobre sí misma como un remolino mortal y, una vez que adquirió la fuerza necesaria, atravesó la pared sobre la que el tapiz se apoyaba y voló hacia el jardín. Humanos y fantasmas se protegieron los ojos para evitar los trozos de ladrillo y cemento que cayeron sobre ellos. Solo entonces, los guerreros de armadura dejaron de soplar y quedaron inmóviles.

Rubén fue el primero en asomarse por el agujero de la pared. Un segundo después, se animó el resto. Y lo que vieron los dejó sin palabras.

El hacha se había hundido en la tierra; exactamente, en el medio de cuatro canteros. A nivel del suelo era imposible verlo, pero desde aquella habitación elevada pudieron darse cuenta de que el jardín no se había diseñado al azar. Todo tenía forma de flecha y apuntaba hacia el mismo lugar: el sitio en el que el hacha ahora yacía. Incluso los ángeles de las fuentes señalaban el mismo punto.

—¡Vamos! —gritó Wendy, corriendo hacia las escaleras.

Ash, Flora y Bebé volaron hasta el césped y esperaron a los humanos. Doménico también estaba allí, quejándose por ese nuevo obstáculo para llegar a Próximo Lugar.

—¡Todo arruinado! ¡Primero esas ratas y ahora un hacha! —gruñó el jardinero.

Ash tomó el arma con ambas manos, listo para tirar de ella.

—No lo tome a mal, Doménico, pero tal vez haya aquí abajo algo que nos sería muy conveniente encontrar. Es probable que tengamos que hacer un pequeño agujero… Solo permítame sacar esto. —Y arrancó el hacha de la tierra.

Fue instantáneo. El suelo entero se desmoronó y dejó a la vista un gran pozo circular, de unos tres metros de diámetro, como si un topo gigante hubiera pasado por ahí. Ash levitó sobre él, inmóvil, con el hacha colgando de sus manos.

Cuando el polvo se disipó, pudieron ver que, dentro del agujero, una escalera de piedra descendía hasta perderse en una fría oscuridad. Y, sin embargo, muy abajo, más hacia el fondo, se percibía algo de luz.

—¡Quiero ver! —gritó Iván emocionado, apoyando el pie en el primer escalón.

—¡Iván, quieto ahí! ¡Puede ser peligroso! —exclamó su madre.

—¡Que no soy yo! ¡Elanor me obliga! —se excusó mientras bajaba un escalón más. La fantasmita se adueñó de la garganta humana—: No soy yo, señora. ¡Es él!

—Yo bajo primero. Te pido disculpas, señor jardinero…
Ya veremos cómo arreglamos esto —dijo Rubén, ya en
los primeros peldaños.

Doménico ni se molestó en responder. Solo hundía
la cabeza entre las manos mientras soltaba nuevos
lamentos.

La escalera los condujo a través de un túnel excavado
en la roca. Rubén usó la luz de su móvil para evitar
caídas. Los fantasmas avanzaban y regresaban, de tramo
en tramo, para asegurarse de que el sitio era seguro.
Finalmente, la escalera terminó y llegaron a una galería
de piso sólido que acababa, a lo lejos, en un punto de luz.

Rubén temblaba de la emoción. ¿Iban a encontrar un
tesoro? ¿En serio? ¡Esas cosas solo pasaban en las películas! Bueno, enfrentarse a fantasmas tampoco ocurría
todos los días, así que, ¿por qué no?

Nadie hablaba. Nadie sabe qué decir en estos casos. La
luz del final del túnel se hizo más intensa. Ash tomó la
iniciativa y avanzó hacia el resplandor. Volvió al instante,
con una mueca de desilusión.

—Lo siento… ahí no hay nada… Solo piedras desor-
denadas y roca húmeda. No hay cofres ni monedas ni
nada.

Tenían que verlo por sí mismos. Avanzaron hasta
desembocar en una especie de cueva hecha de roca y

salitre. El techo era alto y las paredes estaban forradas de líquenes. La luz que los alumbraba era la del sol, que entraba a través de la boca de la gruta.

Unas piedras grandes, exactamente tres, se apoyaban, una encima de otra, en el borde de la abertura. Con precaución, Wendy trepó sobre ellas (tuvo que agarrarse con fuerza, ya que estaban resbaladizas por el agua marina) y miró al exterior. La salida de la caverna desembocaba en la pared del acantilado. Muchos metros hacia arriba, pudo ver parte de la casa. Muchos metros hacia abajo, las piedras afiladas emergían entre las olas hambrientas de naufragios. Y frente a ella, el océano y la pared del acantilado se extendían a lo largo de la costa hasta convertirse en bruma.

Eso era todo. No había tesoro. No había nada. Solo rocas mojadas, algas y fragmentos de mejillones.

La caverna tembló y algunas piedras se desprendieron del techo. Ash y Flora se miraron con los ojos desorbitados. No tuvieron que decirse nada para entender lo que ocurría.

Rubén ayudó a su esposa a bajar del montículo de piedras mientras trataba de no resbalar.

—¿Qué está pasando? ¿Es un terremoto?

—No… es peor… —dijo el fantasma.

Y, sin más palabras, salió volando a través del túnel, rumbo a la casa.

273

33

La navaja verde

Ash llegó al sótano, ya que de ahí provenía el temblor. Lo que no esperaba era encontrarse a Vito Grimaldi despedazando, con garras de ectoplasma, la energía espectral que reforzaba los cimientos. El fantasma jadeaba con cada zarpazo, movido por la venganza.

Ash lo atacó con todo el cuerpo. Logró empujarlo contra una pared, que lo absorbió sin dejar rastro, y preparó los puños, atento al regreso del enemigo. Flora apareció desde el techo.

—¿Quién ha…? —intentó preguntar la fantasma.

Vito surgió a través del suelo como la lava de un volcán, y le dio un buen puñetazo al mentón de Ash. Difícil y poco usual es la pelea entre espectros. Es un combate que exige fuerza y concentración: ser etéreo para esquivar el golpe y ser sólido a la hora de golpear. Ash llenó su cuerpo de púas y se moldeó con fiereza. Sus uñas crecieron, lo mismo que sus músculos.

—¡Flora, la casa se derrumba! ¡Refuerza el conjuro de los cimientos! —llegó a decir Ash antes de recibir un nuevo golpe.

Pero esta vez estuvo atento. Se desvaneció en el aire y el puñetazo lo atravesó sin dolor. Vito chocó contra las vigas de madera, furioso por el esfuerzo inútil, y se volvió hacia la pareja de fantasmas con la mirada espumosa de odio.

Flora empezó a murmurar las palabras de anclaje y sujeción, con las palmas de las manos hacia los pilares de cemento. Entonces, Vito se lanzó hacia ella.

Nada había funcionado. Ni los fantasmas ni los humanos habían resultado ser los tiburones que Piña le había prometido. Todo había fallado. Todo. Pues bien, que la casa no fuera para nadie. Ni siquiera para él. Que cayera al mar, que se hiciera pedazos. Ya no le importaba. Odiaba cada minuto que había pasado allí, humillado, relegado, sometido a las reglas estúpidas de su abuela. Odiaba el piano, el jardín, el desván; odiaba cada ladrillo de esa vieja casa. Lo único que le había ayudado a soportar esos años era su deseo de ser el amo del lugar y de encontrar las monedas ocultas. Y ahora las necesitaba para algo más que para admirarlas. El Erizo esperaba su pago, y esa deuda podía costarle su existencia. Ya no quedaba tiempo para planes sutiles. Había visto el tapiz desgarrado y el pozo en el jardín, y había entendido que el acertijo había sido resuelto. El tesoro estaba a punto de caer en otras manos. Y no iba a permitirlo, aunque tuviera que matar por ello.

Arriba se escucharon pisadas. Los humanos habían entrado en la casa. También tenía algo preparado para ellos.

Estaba a centímetros de herir a Flora cuando recibió el golpe de Ash. No tuvo tiempo de disolverse (sus garras habrían sido inofensivas) y el puñetazo fue preciso. Ash lo envolvió entre sus brazos y, mientras se impulsaba con su enemigo hacia arriba, logró encomendarle a su esposa que terminara el conjuro.

Aparecieron en el salón, a pocos metros de Rubén y su familia. Wendy sostenía a Bebé, que lloraba por el alboroto.

—¡Papá! —gritó Elanor a través de Iván.

Vito Grimaldi les dedicó una sonrisa maliciosa. Excelente. Un fantasma menos contra el que luchar. Poco podía hacer la muchacha dentro de esa bolsa de carne. Por sorpresa, consiguió volverse etéreo para liberarse de los brazos de Ash y se solidificó unos metros más allá, listo para atacar.

Rubén tomó una silla por el respaldo, preparándose para defender a su familia. El día anterior, con un simple tablón de madera, había liquidado muchas ratas. Tal vez la suerte siguiera de su lado.

Pero no lo estuvo. Vito Grimaldi voló hacia él y, con un puñetazo en el estómago, lo lanzó a través de la ventana. Los cristales rotos se esparcieron por todas partes. Rubén cayó sobre el césped, con unos cuantos cortes en sus brazos y un gran dolor en la espalda. Caligari aprovechó para escapar. Ya había tenido su momento de héroe; ahora solo le quedaba una vida y pensaba usarla todo el tiempo que pudiera. Huyó hacia el túnel de piedra, con la idea de quedarse ahí hasta que todo terminara.

—¡Ni vosotros ni los vivos sois dignos de la casa! —gritó Vito, señalando a Ash y luego a Wendy—. ¡Humanos sucios y fantasmas ladrones! ¡Esto es mío! ¡Me pertenece! ¡Voy a terminar con todos! —vociferaba fuera de sí.

Mientras Wendy corría a ayudar a su esposo, Ash preparó las garras. Si lograba alcanzarlo, Vito Grimaldi iba a tener que escapar para curarse. Con eso en mente, atacó.

Iván y Elanor solo vieron, en el choque de ambos espectros, un resplandor verde y maligno. Cuando el brillo se apagó, un corte profundo se abrió paso en el pecho de Ash, una herida causada por el arma que Vito sostenía en su mano.

—El Erizo también me hizo un regalo a mí, señor Lunasangre. No solo te iba a tocar a ti. Una navaja de fuego fatuo. Las conoces, ¿verdad? Una de las pocas armas en el mundo capaces de herir a un espectro.

El filo del arma resplandecía, a pesar de estar manchado con el ectoplasma de Ash. El fantasma cayó de rodillas, con la mano conteniendo la herida y el dolor apretado en la garganta.

Elanor intentó correr hacia su padre, pero Iván no la dejó. Era peligroso, y nada pudo hacer la fantasma contra esto. Iván ya estaba recuperando el control de su cuerpo, y el dominio de los músculos era compartido.

Entonces, Vito empuñó el arma con las dos manos y apuntó directamente a la espalda de Ash. Ahora sí, la herida iba a ser mortal. Y así habría sido, si Flora no hubiera surgido con la fuerza de un tsunami desde el sótano, pasando a través de su marido y golpeando la mandíbula del vengativo espectro. El puñetazo lanzó a Vito hacia arriba, y Flora, aprovechando la confusión del enemigo, lo alcanzó a ras del techo para inmovilizarlo desde atrás, con un abrazo que le restringía cualquier movimiento.

Vito intentó herirla con la navaja, pero la fuerza de la madre fantasma se lo impedía.

—¡Se va a escapar otra vez! —gritó Iván. Elanor le respondió al instante—: No puede hacerlo. O sostiene la navaja o se vuelve etéreo. ¡Pero mamá no va a aguantar mucho!

A pesar del dolor, Ash llamó la atención de su hija susurrando su nombre. Elanor lo miró, y su padre señaló con el mentón las jaulas con palomas que seguían en el salón. La fantasmita asintió mientras el cuerpo de Iván corría hacia ellas.

Flora, apretando aún más el abrazo con el que aprisionaba a Vito, se preparó. Había entendido la intención de su hija y estaba dispuesta a soportar lo que venía. No iba a ser agradable, pero era imprescindible que Grimaldi soltara la navaja. Con las manos de Iván (qué alivio, porque las puertas de las jaulas requerían de algo más que empujar), Elanor liberó las palomas, que batieron las alas y se lanzaron fuera en alegre desorden, atravesando en su huida los cuerpos de Vito y de Flora. Sus ectoplasmas se revolvieron y sus cuerpos ardieron de dolor.

Incapaz de mantener la concentración, Vito soltó la navaja, que cayó y se clavó sobre la tapa del piano. Flora tampoco resistió los efectos de las palomas. Ya no pudo

mantener cautivo a Vito Grimaldi, y ambos cayeron al vacío, aturdidos, mientras las aves escapaban por la ventana rota hacia el mar.

Ash logró ponerse en pie, a pesar de la herida. En medio de la lluvia de plumas y polvo, buscó a su esposa. La encontró sobre la mesa, aquella donde alguna vez una médium había intentado contactar con ellos.

—¡Flora! ¿Estás bien? —gimió el fantasma, tomando su mano.

Ella tosió y sonrió con dificultad, y fue entonces cuando Vito intentó su acto más cruel.

Al girar sus cabezas para buscarlo, descubrieron que ya no estaba ahí. Y un grito, un espantoso grito, una mezcla perfecta de dos voces unidas, resonó a través de la ventana.

Rubén y Wendy vieron salir a Grimaldi desde el jardín, y supieron que la guerra estaba a punto de cobrarse el precio más caro.

El nieto de Olga Grimaldi, deformado por el ataque de las palomas, volaba directamente hacia el precipicio, sosteniendo a Iván por un pie, con la firme intención de lanzarlo al abismo.

34

El anfitrión se emociona

Así fue. No voy a distraerte con palabras amables. Vito Grimaldi arrastró al humano y a la fantasma encerrada en su cuerpo al acantilado y los lanzó al mar. Había intentado la paciencia, el engaño, la trampa y el combate. Había intentado demoler la casa y destruir a los que allí vivían. Y lo habían derrotado dos familias y un puñado de palomas. Eso fue lo que hizo que perdiera por completo la razón.

Que se quedaran con la vieja casa, podía aceptarlo. Pero se iba a ocupar de que cada minuto que pasaran ahí les doliera tanto como la picadura de un escorpión. Que asomarse a la ventana les recordara el día en que sus hijos murieron devorados por el mar. Que el dolor les partiera el alma. No podía ser mejor: dos al precio de uno. Títere y titiritera, muerte doble, dolor duplicado.

¿Ves ese borde de piedra? Ahí ocurrió todo. Por este mismo sendero corrieron Wendy y Rubén, suplicando por su hijo. Por este mismo espacio volaron Ash y Flora, rogando por la suya. Pero Vito Grimaldi ya flotaba a metros del acantilado, con la pierna del humano enganchada a sus manos.

Los vio llegar y los vio detenerse frente a él, implorando piedad. Qué gran momento. Todos se inclinaban ante él, por fin lo respetaban.

Ash jadeaba debido a su herida, y por eso sus palabras salieron fragmentadas:

—Si estos niños salen heridos, jamás podrás encontrar un escondite seguro. Voy a mover hasta la última lápida para atraparte.

Vito Grimaldi ya había decidido que los iba a dejar caer. Pero, de todas formas, intentó el chantaje final.

—Vi el tapiz y vi el pozo. Quiero el cofre. Dádmelo y, tal vez, los deje vivir.

Ash estuvo a punto de mentir. Iba a prometerle un tesoro inexistente a cambio de ambas vidas. Pero Elanor, fuera de sí, cabeza abajo en el aire, gritó la verdad en la cara de su verdugo:

—¡No hay nada en la cueva, idiota! ¡No hay tesoro! ¡Solo piedras y algas!

¿Puedo confiarte algo absurdo? Grimaldi se sintió aliviado. Si el tesoro hubiera existido, lo poco que le quedaba de moral le habría obligado a devolver a sus víctimas. Pero libre de esa carga, abrió una de sus manos y solo sostuvo al humano con la otra. Disfrutó de los gritos que le dedicaban, porque todos gritaban; todos, menos la madre humana. Ella lo miraba con una extraña mezcla de severidad y decepción.

Wendy caminó hasta el filo del acantilado y, cuando habló, lo hizo con una voz llena de autoridad:

—Vittorio Francesco Grimaldi, esto no va a terminar sin un castigo ejemplar.

Vito sintió cómo el temor le recorría el cuerpo. Nadie de los allí presentes conocía su segundo nombre. Nadie. Era imposible, pero para probar si el desafío era cierto, extendió el brazo con el que sostenía a Iván y abrió la mano.

El muchacho cayó directo hacia su muerte.

Mucho se ha hablado de lo que pasó en ese instante. Y cada vez que se relata, se van añadiendo más detalles, como pasa con las buenas historias. El caso es que del pecho de la humana brotó un torrente de luz, en el que se podían adivinar unos brazos y unos ojos llenos de cólera. La luz atravesó a Vito a la altura del corazón y luego se lanzó al abismo, detrás del cuerpo que caía.

Arriba, nadie se atrevió a moverse. Wendy se desplomó sobre el césped, agotada. Rubén la abrazó, con el rostro lleno de lágrimas. Vito Grimaldi se quedó petrificado, flotando inmóvil. La luz que lo atravesó lo había dejado sin ningún control sobre su ectoplasma.

Flora ocultaba su rostro entre los brazos de su marido, enmudecida por el dolor, y solo Bebé se animó a flotar fuera de los límites del acantilado para buscar a su desdichada hermana. De pronto, comenzó a aplaudir. Y su cuerpo reflejó la luz que regresaba desde la profundidad del precipicio.

Habían pedido un milagro y el milagro había ocurrido. La luz ascendió hasta ellos, trayendo al muchacho y a su titiritera de vuelta, sanos y salvos.

El ser luminoso depositó con cuidado a Iván en la superficie y se colocó frente a él. Hundió una mano en el pecho del chico y arrancó a Elanor fuera de la carne como si fuera un sello postal. La fantasma cayó entre las hierbas, agitada. Levantó la cabeza y miró a su alrededor. Y luego, sí, estalló en un grito de alegría. Estaba libre. Por fin. Libre.

La criatura de luz disminuyó su brillo y reveló su rostro.

Rubén y su familia no la conocían, pero Ash y los suyos sí. Flora, emocionada, se alejó de su marido, abrazó a su hija y, mirando hacia los humanos, señaló a la aparición.

—Permitidme que os presente a la señora Olga Grimaldi, la anterior dueña de esta casa.

35

No todo está donde debería

—No iba a regalarle mi casa a cualquiera, como podréis imaginar —fue la explicación que esgrimió Olga a la hora de las preguntas—. Y dejad que os diga que casi la perdéis. Los caballeros de ambas familias se han comportado de forma… espantosa, digamos. Por suerte, estamos nosotras para recuperar la cordura, ¿no es cierto, señoras? —Se detuvo y arrugó la nariz—. ¿Qué huele tan mal?

Iván levantó la mano. Ya no tenía excusas para evitar un buen baño.

Estaban en el salón, y Olga, como era su costumbre, simulaba tomar el té. Momentos antes, con una simple pasada de sus manos sobre el pecho de Ash, había curado la herida de la navaja verde. Bebé retomó el juego de atrapar las arañas que vivían en los cabellos de la anciana. Vivos y espectros sostenían tazas vacías y escuchaban con atención.

—Vosotros no fuisteis los primeros. Muchos otros candidatos intentaron quedarse con la casa, pero fallaron. Soy muy exigente a la hora de elegir, pero, a fuerza de fracasos, ya había perdido la esperanza. Entonces llegasteis vosotros. ¡Deseé tanto que fuerais los elegidos! Pero teníais que superar algunas pruebas. Dicho sea de paso, querida —dijo, dirigiendo su mirada a Wendy—, perdón por haberte invadido todo este tiempo. Intenté molestar lo menos posible, pero necesitaba un buen lugar para ver cómo se desarrollaba esta historia.

—Usted… usted es… una titiritera… Por eso no funcionó el ariete… No se puede entrar en alguien que ya tiene un fantasma en su interior… Una titiritera maestra… que puede entrar y salir sin resistencia… —balbuceó Ash.

Olga hizo un gesto de desdén.

—Muy desagradable lo del ariete, por cierto. Esas cosas deberían estar prohibidas. Espero que jamás vuelvas a hacer semejante tontería. Y en cuanto a mi habilidad, cosas de la edad, señor Lunasangre. Después de tantos años, una aprende algunos trucos, pero entrar y salir sin permiso no es, ni de lejos, lo más importante que he aprendido. Estuve enamorada de un humano. Pude casarme con él cuando se convirtió en espíritu y me enseñó muchas cosas acerca de su vida de carne y hueso. Fuimos felices. Tuvimos hijos y nietos. —Una pequeña mueca de dolor cruzó su rostro. Algo terrible debió pasar, pero nadie quiso preguntarle—. Nada es mejor que convivir en paz, sin esas brutales rivalidades que nos impone la vida moderna. A ver si me explico: competir no es malo, hace que nos esforcemos más, que ofrezcamos lo mejor de nosotros mismos. Pero cuando la competencia consiste en destrozar al otro en vez de mejorar uno mismo, me parece una práctica repulsiva. No es necesario. Como dijo alguien sabio alguna vez: «Hay solo una silla, pero, si lo intentamos, la silla puede ser grande y tener espacio para todos». —Y guiñó un ojo a Wendy—. Que os quedaseis con la mansión dependía de que entendierais la idea. Eso sí, tuve que ofreceros una pequeña ayuda.

Wendy se percató de lo oculto en esas palabras, y no se privó de decirlo:

—Yo no pinté a Flora por casualidad, ¿verdad?

Olga soltó una risita alegre.

—No podías saber cómo era la dama fantasma, pero yo la recordaba bien. Era necesario construir una conexión entre las familias y me pareció un buen comienzo. Así que tuve que moverte un poco la mano sobre el lienzo. Dos veces, debido a cierto accidente con la pintura... —Entonces, le dirigió una mirada severa a Ash.

—Y lo de doblar el tapiz y el resoplar de los caballeros, ¿también fue idea tuya? —preguntó Rubén.

—No, fue cosa suya. Tu esposa es una mujer muy inteligente, deberías escucharla más. Yo solo me limité a observar. Me sentí muy feliz cuando resolvisteis el acertijo.

—Sí, pero no hay tesoro —se lamentó Elanor—. ¡Pobre jardinero! Hemos destrozado su jardín para nada.

—Habéis encontrado algo más valioso que un tesoro —sentenció Olga—. Usadlo con sabiduría. Trabajad juntos, hablad sin miedo y haced de este lugar un sitio increíble. Por ejemplo, tú, niño oloroso —dijo mientras su vista se posaba en Iván—, sería interesante que tu padre supiera que no te gusta el piano. ¡Mirad lo que habéis provocado por querer contentarlo! Con algo de comunicación, habríais resuelto el problema. Señor Lunasangre, ya tienes edad para saber que la admiración se gana de múltiples maneras, y se pierde de muchas otras. Puedo entender que hiciste lo que hiciste creyendo que era lo correcto, pero... ¡Ay! Has estado a punto de destruirlo todo...

Ash se limitó a asentir, avergonzado.

—De todas formas, hoy es nuestro último día aquí… No hemos podido asustar a nadie y sin eso…

—¡Tonterías! No podéis iros —dijo la señora Grimaldi—. Esta casa necesita fantasmas. Se vendría abajo sin vosotros. La energía espectral no puede faltar aquí.

—¿De qué estáis hablando? —preguntó Wendy.

Nunca había escuchado nada de casas que podían derrumbarse. Flora le contó todo lo que la humana necesitaba saber. Estaba claro que Piña los había estafado y que arreglar la casa iba a requerir un dinero con el que no contaban. Olga se apiadó al verlos tan deprimidos.

—¡Vale, vale! Lo confieso, pero solo porque veo que necesitáis algo de aliento. Hay un tesoro.

Se hizo un silencio absoluto.

—Hay un tesoro —aseguró la anciana—. Monedas de oro y algunos brazaletes, si mal no recuerdo. Un naufragio español, de algunos siglos atrás Si de verdad lo queréis, pensad con calma. No todo está donde debería estar.

—¡Pero desciframos el acertijo! ¡Colaborar en vez de competir! ¡Soplar en la misma dirección! ¡Lo hemos hecho y no hay nada de nada! —protestó Rubén.

—Humanos… —dijo Olga mientras tomaba a Bebé y le hacía cosquillas en la barriga—, tenéis la respuesta delante de vuestros ojos y no podéis verla ni aunque la pusiera en un marco y la colgara en la pared. No voy a deciros más. Se lo prometí a mi amado esposo, que fue quien encontró el tesoro bajo el jardín y lo cambió de sitio, como parte del desafío. Nadie estuvo más cerca que vosotros de encontrarlo, pero necesitáis seguir trabajando juntos. De eso se trata. Ahora, si me disculpáis —añadió, mientras devolvía a Bebé a su madre—, debo regresar a casa de mi hermana y llevarme... *eso*.

Miró hacia fuera con desagrado. En el jardín, Vito Grimaldi, aún inmóvil como una estatua, se impacientaba por la decisión de su abuela.

—Le espera una sanción ejemplar. Puedo soportar mentiras o faltas de respeto, pero este jovencito ha cruzado todos los límites. Una temporada en Más Fondo le hará reflexionar.

Ash y su familia se estremecieron al escuchar ese nombre.

—¿Más Fondo? ¿Qué es eso? —preguntó Iván.

Elanor lo hizo callar.

—¡Shhh! ¡No podemos hablar de ese lugar! Es demasiado terrible.

La señora Grimaldi se levantó del sofá. Miró la casa una vez más, con nostalgia. Había pasado momentos inolvidables allí.

—Esta noche viene el Consejo, es inevitable. No voy a mentiros, la situación es delicada. Sin fantasmas, la casa no va a resistir en pie. Y sin el miedo de los vivos, los fantasmas no pueden quedarse. Podríais fingir que escapáis aterrorizados, como planeasteis, pero los Cuatro se darían cuenta de la farsa. Ellos huelen el terror, y aquí no huele a eso. Lo único que huele mal es…

Otra vez, Iván levantó la mano.

—Entonces, se acabó todo… —murmuró Flora.

Olga levantó su dedo índice, como cada vez que decía algo importante.

—Las cosas se acaban cuando se acaban. Usad la cabeza. ¡Por todos los espectros negros! ¿Tengo que ser yo quien os diga que todavía hay esperanza? Os cedí mi hogar confiando en que ibais a hacer lo posible para no perderlo, y sigo confiando en eso. Además, aún tenéis que ayudar a Doménico, es nuestro deber como fantasmas. El pobre anda ahí, convertido en un alma en pena. De hecho, es lo que es: una apenada alma en pena. Bueno, es hora de decir adiós. Ya no debería estar aquí y, sin embargo, estoy. Lo mismo ocurre con los tesoros ocultos. ¡Buena suerte!

Y, en una vorágine de remolinos de humo, desapareció. Fuera de la casa, a Vito Grimaldi le ocurrió lo mismo. Nunca más supieron de ellos.

Todos se quedaron pensando en las últimas palabras de Olga. Solo Wendy se atrevió a romper el silencio. Miró a su hijo, señaló el piso de arriba y dijo cuatro palabras; las palabras que toda madre dice en cada rincón del planeta:

—Sin rechistar, a bañarte.

36
Caligari posa

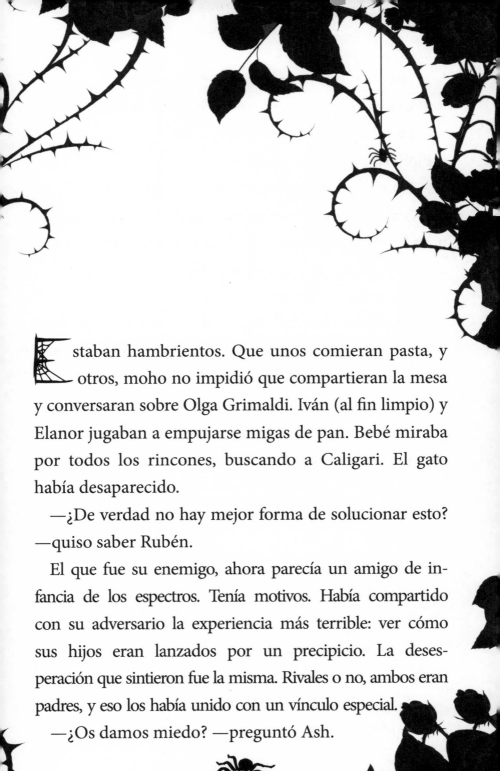

Estaban hambrientos. Que unos comieran pasta, y otros, moho no impidió que compartieran la mesa y conversaran sobre Olga Grimaldi. Iván (al fin limpio) y Elanor jugaban a empujarse migas de pan. Bebé miraba por todos los rincones, buscando a Caligari. El gato había desaparecido.

—¿De verdad no hay mejor forma de solucionar esto? —quiso saber Rubén.

El que fue su enemigo, ahora parecía un amigo de infancia de los espectros. Tenía motivos. Había compartido con su adversario la experiencia más terrible: ver cómo sus hijos eran lanzados por un precipicio. La desesperación que sintieron fue la misma. Rivales o no, ambos eran padres, y eso los había unido con un vínculo especial.

—¿Os damos miedo? —preguntó Ash.

—No.

—Entonces, no hay solución. Debemos irnos hoy mismo.

—Pero la casa… sus cimientos.

Flora se encogió de hombros.

—No podemos hacer nada por vosotros. Vamos a dejaros un conjuro de solidez que durará algunas semanas, pero luego… Os engañaron, lo siento. Supongo que podréis arreglarlo. Hay que poner nuevas columnas y…

—No tenemos dinero.

—La señora esa rara dijo que había un tesoro —recordó Iván, amontonando bolas de miga de pan unas sobre otras, formando un montículo en medio de la mesa.

Wendy apuntó a Iván con el tenedor.

—Más respeto, hijo. Si estás vivo, y malgastando el pan, es gracias a la señora Grimal… —Y se detuvo, con la vista perdida en el montón de migas.

Cuando levantó la cabeza, sus ojos se encontraron con los de Flora.

—Lo dijo ella, ¿no?

—Sí, lo dijo.

—Ella controlaba mi mano. Sabía lo que podía pasar.

—Sí. En verdad, es una mujer muy amable —coincidió Flora.

—¿Se puede saber de qué habláis? —quiso saber Ash. Ellas lo ignoraron.

—«Tenéis la respuesta delante de vuestros ojos y no podéis verla ni aunque la pusiera en un marco y la colgara en la pared» —repitieron las mujeres a la vez.

Wendy se levantó y corrió hacia su pintura. Flora voló tras ella. Rubén congeló su tenedor con fideos en el aire, a la espera de respuestas. Pudo ver que Wendy sacaba una foto del cuadro con su teléfono y que sonreía.

—¡Venid con nosotras! —exclamaron ambas antes de salir al jardín.

Doménico juntaba las plantas destrozadas cuando las vio pasar.

—Pisad, tranquilas, pisad con ganas, que ya lo arreglará el jardinero… —se quejó.

Las madres llegaron hasta el pozo que les había señalado el hacha y descendieron por la escalera, mientras los demás las seguían. Escucharon un maullido. ¡Qué bien! Caligari estaba ahí. Corrieron por el pasadizo y llegaron hasta la sala de roca.

Flora y Wendy se detuvieron, tomadas de la mano. Sobre un montículo de tres grandes piedras, Caligari se estiraba con pereza, disfrutando del sol que entraba por la abertura. Wendy miró la imagen en su teléfono y volvió a sonreír. Flora hizo lo mismo. Y luego, la humana compartió la imagen con el resto.

La pintura mostraba tres piedras y una mujer sentada.

Tres piedras idénticas y un gato en el borde del abismo. Flora levitó hasta Caligari y lo apartó con sus manos.

—Permiso, gatito, pero este es mi sitio.

La madre fantasma se sentó sobre las piedras, con el cuerpo ladeado y el rostro en alto.

—¿Algo así, más o menos?

—Casi lo tienes… baja un poco la cabeza… El brazo más levantado… un poco más… ¡Ahí! ¡Quieta! —dirigió Wendy, alternando su vista entre el teléfono y la fantasma—. Así, exactamente así.

Tenía, ante sus ojos, la recreación perfecta del cuadro. La misma persona sobre las mismas piedras. El mismo brazo en alto, señalando hacia una grieta profunda en la pared del acantilado que se extendía frente a ella, en un recodo del mar.

—¿Eso que se ve allí es una cueva? ¿Es *la* cueva? —tartamudeó Rubén, protegiéndose del sol con las manos.

—Solo hay una forma de saberlo… Alguien está a punto de ser el héroe del día —mencionó Ash con el pecho inflado. Luego miró a su hija—. Elanor, ¿serías tan amable de volar hasta allí?

La fantasmita solo pudo a abrir la boca. ¿Ella? No supo qué decir, pero la alegría que sintió le dio la fuerza necesaria para propinarle a su padre un abrazo de tres vueltas y volar hacia esa abertura misteriosa y lejana. A los otros, la espera les pareció eterna.

Por fin la vieron regresar. Traía las manos vacías.

Rubén se desplomó sobre una piedra. Pero fue el sol quien les dio la buena nueva. Cuando Elanor volvía a la gruta, los rayos del sol la atravesaron y toda la caverna resplandeció por los destellos dorados. La fantasma abrió los brazos y todos pudieron ver cientos de monedas que flotaban en el interior de su cuerpo, sostenidas por su ectoplasma. Ella reía, feliz de su hazaña.

—Eso es una ejecución perfecta de la técnica tomar y sostener, hija… —consiguió decir Ash.

—¿Es el tesoro? ¡Es el tesoro! —exclamó feliz Wendy—. ¡Lo encontramos!

—No… —respondió Elanor, estallando en carcajadas—. Es solo una parte. Vais a necesitar esa camioneta que tenéis para traerlo todo. ¡Es increíble! ¡Hay collares y coronas y más monedas!

Wendy lloraba de la emoción. El hotel iba a ser una realidad. Flora se acercó a abrazarla y, entonces, la humana se dio cuenta de lo que iba pasar.

—Pero… si nosotros solucionamos nuestro problema… vosotros ya no…

Flora se encogió de hombros.

—De todas formas, los Cuatro nos iban a expulsar. Estaremos bien. Lugares para embrujar hay a montones. ¿A que sí, Ash?

Su esposo se limitó a asentir. Sabía que no iba a ser fácil, pero no quería estropear el momento feliz de los humanos.

—Bueno, pero… no sé… Tal vez yo podría asustarme —insistió un compungido Rubén—. Algunas de esas caras deformes que ponéis son realmente espantosas. Si me esfuerzo, puedo gritar y correr muy bien.

Ahora fue Ash quien sonrió.

—Y después, ¿qué? Ya lo has dicho, hombre: no se puede tener un hotel de verano cuando una familia de fantasmas ahuyenta a vuestros clientes. No hay nada que discutir, dejamos la casa en buenas manos.

En el bolsillo de Rubén, el teléfono comenzó a sonar. En cuanto se lo puso en la oreja, la expresión de su rostro se endureció.

—Ah… Señor Piña… justamente con usted quería hablar. Tengo muchas cosas que decirle y ninguna es agradable. Usted es un ladrón y va a pagar por todo lo que… ¿Qué? ¿Dónde? ¿Ahora?

Rubén volvió a guardar el teléfono en su bolsillo y miró a su familia.

—¿Qué ocurre, papá? ¿Vamos a buscar a ese hombre y le decimos cuatro cosas?

—No va a hacer falta. Está en la casa, a los pies del pozo. Dice que quiere vernos, que tiene algo importante que decirnos.

37

El anfitrión habla de Piña

staban sucios y cansados, como tú lo estás ahora. Vaya, lo siento, no quería ser grosero. Es que la noche fue larga, y la historia, agobiante. Solo quería relajar el ambiente. Las dos familias tampoco lo habían pasado bien: ratas zombis, Vito Grimaldi, hachas voladoras y, ahora, ese vendedor.

Oh… ya puedo percibir el resplandor del sol en el horizonte. Temo que la historia quede sin final si no apuro mis palabras. No te preocupes, haré lo posible.

Regresaron al jardín a través de la escalera. Piña los esperaba con su corbata y su maletín, pero ahora todos sabían lo que había detrás de esa sonrisa de hielo.

Podrás imaginar que Rubén quiso lanzarse a su cuello. Le dirigió una cantidad de palabras que me daría vergüenza repetir, palabras que el vendedor recibió sin despeinarse. Estaba acostumbrado. El torrente de insultos se interrumpió cuando le vieron saludar con cortesía a Ash y a su familia. El señor Piña podía verlos, y no le incomodaba su presencia.

—Legañas de gato —fue su explicación—. A todos los vendedores de casas nos enseñan ese truco. Nos piden discreción, claro, pero estamos entre amigos. Muy bien, creo que tenemos un asunto que tratar.

Piña lo sabía todo. No olvides que había sobornado a los exterminadores de fantasmas para que instalaran micrófonos en la casa. Había seguido cada conversación, cada suspiro, cada pelea… Sabía que los fantasmas abandonaban y que el tesoro no era una fantasía. No sabía si aún estaba ahí, bajo tierra, o de cuánto dinero se trataba, pero había decidido que era la hora de sacar a relucir ciertos papeles que faltaban por firmar para inclinar la balanza a su favor.

Mala persona. Ser despreciable. Aún me hierve la sangre cuando recuerdo su rostro. Cuenta la historia que se sentó en un banco de piedra, abrió su maletín y sacó una carpeta roja con el nombre de la familia escrito en la portada. No le importaron las miradas de odio de los vivos ni el desagrado de los espectros; estaba acostumbrado a causar ese tipo de impresión.

Por lo general, esos documentos incompletos le suma-ban algunos billetes extra en su cuenta, pero en este caso se trataba de algo más: esa casa vieja, que nunca le había importado, era ahora el lugar que escondía una fortuna. Los fantasmas no iban a poder quedarse allí, eso era se-guro. No tenía que preocuparse por ellos. Solo necesita-ba que los humanos siguieran el mismo camino.

Y tenía todo en sus manos para que eso ocurriera. Gajes del oficio.

38

La traición de Ash

La furia se convirtió en desazón. Wendy entendió antes que el resto que Piña los tenía contra la pared. Y, sin embargo, tuvo tiempo de asombrarse. ¿Cómo es posible que haya personas así? ¿Cómo logran dormir sin sentir culpa? ¿Cómo caminan sin notar piedras en el pecho?

Pero el señor Piña era inmune a la conciencia. Con palabras heladas, mostró los papeles y explicó la situación en pocas frases: agujeros legales, documentos nulos y trámites inconclusos. La casa aún no era de ellos y tenían que abandonarla. Una firma o, mejor dicho, la ausencia de una firma, arruinaba el futuro de Rubén y su familia en cualquier tribunal al que se dirigieran.

—De todas formas, he oído que pensaban irse —comentó, sin evitar la sonrisa.

—Usted es la peor clase de basura que he conocido en toda mi vida —dijo Rubén.

Piña no se inmutó.

Flora miró a Ash con ojos suplicantes. Para ellos ya no había esperanza, pero para los humanos… El fantasma sacudió la cabeza, desechando la idea.

—Él tampoco nos teme, puedo sentirlo. Su miedo pasa por otros asuntos. No puedo hacer nada.

El señor Piña miró su reloj y apoyó la carpeta sobre sus rodillas.

—No me juzguen con tanta dureza, el mundo es una selva y hay que sobrevivir como se pueda. Para que vean que tengo corazón, les ofrezco una alternativa.

«El mundo es una selva». «Sobrevivir». Olga Grimaldi tendría unas cuantas cosas que decirle a este señor.

—¿Quieren la casa? Pueden tenerla. Firmo aquí y cerramos el asunto, no me interesa este lugar. Casas me sobran, lo que sí me gustaría tener es un cofre de monedas del siglo XVIII como el que acaban de encontrar. Quedaría muy bien sobre mi chimenea. Y recuerden que a este pueblo le vendría muy bien un hotel como el que tenían pensado abrir.

Rubén podría haberlo negado. Simular sorpresa ante el comentario de un supuesto tesoro. Si Piña visitaba la caverna, no iba a encontrar más que las monedas que Elanor había traído. Pero no quería rebajarse a ser como ese hombre que vivía para mentir.

—¡Nunca va a tener el cofre! ¡Se puede quedar con la casa, con el jardín, con todo! De todas formas, ya no nos sirve, está a punto de venirse abajo.

El señor Piña tamborileó con los dedos sobre su pierna.

—Voy a hacerles una última oferta. Firmo el documento y, con parte del hallazgo que han hecho, pago los arreglos para que la mansión se mantenga en pie. El resto es mío. Ustedes tendrán su hotel, yo, mi futuro asegurado y estos fantasmas… Bueno, *estos* no necesitan nada.

Caligari maulló con fiereza. Rubén e Iván apretaron los dientes.

—No queremos nada suyo —dijo Wendy, mientras sostenía la mano de su marido—. Alguien, alguna vez, tiene que decirle que no a la gente como usted.

Si Piña se sintió herido, no lo demostró. Sonriendo, comenzó a guardar los papeles en la carpeta roja.

—Vale. Les doy hasta mañana. Hoy se van estos espectros, y mañana, ustedes. No me hagan venir con la policía, es mejor poner las cosas fáciles para todos.

—Yo puedo decirle dónde encontrar el tesoro.

Aquellas palabras congelaron el ambiente. Ash las dijo sabiendo el efecto que iban a producir. Flora se alejó de

315

su marido, con los sentimientos mezclados, e hizo la pregunta que todos tenían atascada en la garganta:

—Ashley… ¿qué estás haciendo?

Ash se elevó y pareció crecer. Su rostro se volvió sombrío.

—Lo que debería haber hecho desde el principio, Flora. Somos fantasmas, y ellos, humanos. Nosotros asustamos y ellos se asustan. Por haber olvidado esto, ahora nos vamos a quedar sin techo.

—Papá… —Elanor no pudo decir más.

—Al fin alguien sensato —dijo el señor Piña, complacido—. Y me pregunto… ¿cuál será el precio de tanta amabilidad?

—Esto es gratis, pero tiene que garantizarme que no les dará ni una moneda a estos humanos. Ni para arreglar una puerta ni para comprar un tornillo. Nada. Lo único que quiero es que se vayan. Si este lugar no es para nosotros, que no sea para nadie —dijo Ash, saboreando su venganza.

Podía sentir que su familia lo apuñalaba con la mirada.

—Se lo garantizo, señor. De todas maneras, no pensaba hacerlo.

Rubén habló, y sus palabras arrastraban el repugnante sabor de la decepción.

—¿Después de lo de las ratas? ¿Después de que casi perdemos a nuestros hijos en el mar? ¿Después de Olga Grimaldi? ¿Después de todo lo que hemos aprendido, una traición? Nadie se gana el respeto de su familia así.

—De hecho, acaba de perder lo poco que nos quedaba —agregó Flora, con asco.

Bebé miraba a sus padres sin comprender.

—Yo puedo entenderlo, señor —dijo Piña, triunfante—. A veces un hombre debe hacer lo que debe hacer, aunque el trago sea amargo. Muy bien, si es tan amable de indicarme dónde puedo encontrar…

—¡No hagas esto, Ash! —gritó Wendy—. ¡Habíamos confiado en ti!

—Los fantasmas no somos de fiar, humana —rugió el espectro, haciendo brotar dientes agudos de su boca.

—¡Venga! —intervino el señor Piña—. Sed buenos perdedores. Todos. Y si el caballero transparente quiere su venganza, no voy a ser yo quien se la niegue. ¿Dónde están las monedas, señor?

Ash voló dos veces en torno al señor Piña antes de hablar.

—¿Y cómo puedo saber que no va a engañarme?

—Le he dado mi palabra.

—Su palabra no vale. «El mundo es una selva» y todo eso… No quiero entregarle el cofre y que usted se apiade de esta gente y les permita quedarse.

La carcajada de Piña rebotó en la oscuridad del momento.

—¿Piedad? No sé lo que significa eso, pero veo que está decidido a no confiar en mí. Muy bien, ¿qué puedo hacer para que me crea?

—Ash… por favor… No lo hagas —imploró Flora una vez más.

El fantasma la ignoró.

—Permítame pasar a través de usted. Los fantasmas podemos percibir la mentira con solo atravesar un cuerpo como una ráfaga de viento. Si veo que no hay engaño en su propuesta, yo mismo le traeré el cofre.

Flora miró sorprendida a su marido. No era verdad, los espectros no podían hacer eso.

—Señor Lunasangre, si eso consigue alejar sus dudas —dijo con elegancia el señor Piña, señalando su camisa—, pues adelante.

Lo dijo satisfecho, saboreando por adelantado esas monedas. Y Ash se preparó.

—Solo será un segundo, humano.

Se lanzó hacia el hombre y se introdujo en su pecho.

Pero no salió.

39

El verdadero terror

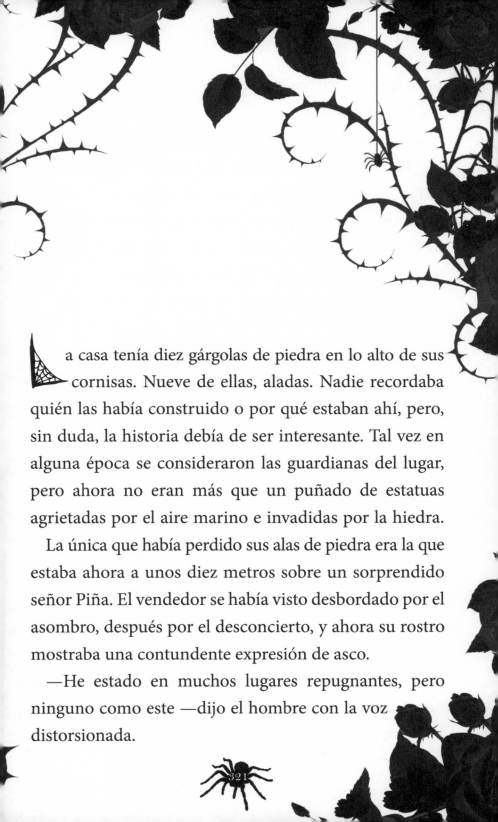

a casa tenía diez gárgolas de piedra en lo alto de sus
cornisas. Nueve de ellas, aladas. Nadie recordaba
quién las había construido o por qué estaban ahí, pero,
sin duda, la historia debía de ser interesante. Tal vez en
alguna época se consideraron las guardianas del lugar,
pero ahora no eran más que un puñado de estatuas
agrietadas por el aire marino e invadidas por la hiedra.

La única que había perdido sus alas de piedra era la que
estaba ahora a unos diez metros sobre un sorprendido
señor Piña. El vendedor se había visto desbordado por el
asombro, después por el desconcierto, y ahora su rostro
mostraba una contundente expresión de asco.

—He estado en muchos lugares repugnantes, pero
ninguno como este —dijo el hombre con la voz
distorsionada.

Flora se acercó con cautela.

—¿Ash?

Su esposo sonrió a través de la boca de su títere.

—Hola, amor. Que conste que él me invitó a entrar, ¿eh? Que si no, estas cosas no se logran. —Y añadió, mirando a todos—: Disculpad la farsa, pero esta clase de gente no confía en nadie a menos que demuestre que tiene el corazón tan podrido como el suyo.

El señor Piña se sacudió con fuerza y cayó al suelo.

—¿Papá? ¿Estás bien? ¿Qué pasa? —preguntó Elanor.

—Sí, hija, estoy bien. Pero este señor pone resistencia y se hace difícil manejarlo. Bueno, hagamos lo que vinimos a hacer. Cuanto antes salga de aquí, mejor.

Dicho esto, abrió el maletín y buscó la carpeta roja.

—A ver dónde están… Sí, eran estos. Y aquí hay un bolígrafo. Muy bien, señor Piña, está a punto de cerrar la venta de esta hermosa casa a esta buena gente, y de no poder reclamarles nada más. Afloje un poco esos dedos, venga, que no quiero que la firma salga torcida.

Tres papeles fueron firmados con el puño y la letra del señor Piña, y fue la misma mano la que se los extendió a Rubén.

—Terminamos. Ahora sí, la casa es vuestra. Que nosotros tengamos que irnos no significa que vosotros también tengáis que hacerlo. No es justo.

—Si no estuvieras dentro de esa persona tan horrible, te abrazaría —le dijo Wendy, con una de esas sonrisas que se mezclan con lágrimas de felicidad.

Rubén observó los papeles y agradeció con la cabeza. Si había algo que sellaba el fin de la guerra, sin duda era eso.

—Tu padre acaba de… —balbuceó Iván mirando a Elanor.

Ella asintió.

—Sí. Mi papá es un genio, y además es mi ídolo —dijo la fantasma.

Esas palabras fueron todo lo que necesitó Ash para saber que todo iría bien.

Hubo otra sacudida en el vendedor. Ash movió la boca en un gesto de fastidio.

—Ey… No es justo que tenga que soportar esto yo solo. Lo voy a poner en altavoz, así podréis escuchar lo que sufre este hombre cuando pierde dinero.

De pronto, el rostro de Piña se llenó de horror y su boca se abrió en una mueca exagerada.

—¡No! ¡No me hagan esto! ¡Por favor! ¡Sáquenme a este fantasma de encima! ¡Que alguien me ayude!

Piña recuperó la compostura.

—Está aterrado. Vamos a darle más motivos para gritar —dijo Ash mientras revisaba otras carpetas—. Como imaginaba… más papeles sin firmar. Otras víctimas, otras casas, otros engaños.

El señor Piña firmó todos y cada uno de los documentos, gritando y llorando, pero su mano se movía sola y no podía evitarlo. Otra vez, el cuerpo se sacudió. Caligari volvió a gruñir, asustado.

—Ash… deberías salir de ahí… —dijo Flora—. El humano está muy inestable.

—¿Qué le ocurre? —quiso saber Rubén.

La respuesta llegó a través de la boca de Piña.

—Es que… a veces… no… no se puede dominar… ¡Ahhhhhhh! —El grito fue de Piña, y la furia también—. ¡Esto no va a quedar así! ¡Arghhhh! —La voz de Ash recuperó la garganta—. Cuando están muy alterados… como ahora… es parecido a intentar domar un caballo salvaje…

—¡¿Más escándalos en mi jardín?! —se escuchó decir a Doménico.

El jardinero había aparecido siguiendo los gruñidos del gato.

—¡Vamos, papá! —suplicó Elanor.

—No… no puedo… Está asustado y… furioso… —gritó Ash.

Jamás había visto algo así. Nunca en su larga carrera de titiritero había tenido que luchar de esa manera. Bebé voló hasta el maletín y comenzó a romper en trozos pequeños algunos de los papeles que el vendedor tenía allí guardados. Piña aulló de miedo y de impotencia. Se puso de pie y retrocedió con movimientos torpes y descontrolados.

Bebé, que intuía que su padre estaba dentro de esa envoltura de carne, comenzó a acercarse a él, gorjeando de felicidad.

—Elanor... sujeta a tu hermano... —logró susurrar Ash entre los gritos de su títere.

Ya no hubo tiempo de más. El pánico había enloquecido a Piña, que retrocedió hasta chocar contra la pared de la casa y quedar semihundido en la hiedra. Jadeante, sin pensar en el peligro, comenzó a trepar por la enredadera salvaje sin que Ash pudiera evitarlo. Largas ramas de hiedra comenzaron a desprenderse de la pared, incapaces de soportar el peso del humano.

—¡Ash, cuidado! —gritó Flora, señalando hacia lo alto.

Arriba, la única gárgola sin alas de la mansión estaba a punto de caer. La enredadera que envolvía la estatua la había desplazado hacia la cornisa, y más de la mitad de su cuerpo de piedra ya se asomaba al vacío. Si esa gárgola caía sobre Piña, sería el final del humano y del fantasma que luchaba en su interior. Nadie podía sobrevivir a semejante impacto.

Rubén corrió hacia ellos para alejarlos de allí, pero su intento de ayuda provocó la catástrofe. Cuando trató de arrancarlos de la hiedra en la que estaban enredados, la cornisa cedió y la gárgola se desprendió.

Piña cayó sobre el césped, y se cubrió el rostro con las manos al ver cómo ese demonio de roca iba directo hacia él. Rubén no quiso mirar. Los demás también cerraron los ojos. No iba a ser un espectáculo agradable.

Pero el golpe no llegó. Flora fue la primera que se atrevió a mirar. Luego, Wendy, y después, el resto. Piña seguía en el suelo, hecho un ovillo, congelado por el espanto. A través de su boca comenzó a brotar un vapor que pronto tomó la forma de Ash. El fantasma, ya libre, rodó sobre las flores respirando con agitación.

La gárgola flotaba en el aire, a dos metros del césped. Bueno, en realidad no flotaba. El viejo Doménico la sostenía con una fuerza inusual para un espíritu, producto de tantos años de manejar palas y usar azadones. Cuando vio que Ash había logrado de salir de ese cuerpo humano, hizo un último esfuerzo y lanzó la gárgola hacia un lado de la casa. La estatua rompió un bebedero de aves en su caída.

Doménico no se quejó del accidente, y esa no fue la única sorpresa. Un perfecto rectángulo de luz apareció sobre él. Del cuerpo del jardinero comenzaron a brotar partículas luminosas que volaron hacia esa puerta mágica.

—¡Era esto! ¡Siempre fue esto! —exclamó Doménico, rebosante de felicidad—. ¡Nunca fue el jardín! ¡Mi tarea era la gárgola! ¡La gárgola que me quitó la vida! Ahora puedo recordarlo: cuando el amo quiso hacer el pozo, me enfurecí y destrocé el jardín. Y después, loco de ira, arranqué la enredadera, arrastré la gárgola sobre mí y me aplastó. Las alas de piedra se rompieron con el golpe. Alguien debió de volver a colocarla en su sitio y la hiedra la envolvió de nuevo, tapando el recuerdo de aquel horrible accidente. ¡Gracias, fantasmas! ¡Gracias, humanos! Si no hubiera sido por vosotros, esto jamás habría sucedido. ¡Es verdad que los fantasmas son de gran ayuda para los espíritus! ¡Quién lo hubiera dicho!

Ash, aún convulsionando por la experiencia, sonrió.

—¡Felicidades, Doménico! Aunque su jardín fue siempre una maravilla.

—¡Y más os vale que lo siga siendo! —gruñó el viejo, para luego volver a reír—. Bueno, supongo que es hora de hacerlo oficial… Ejem… Ahí va… Yo, Doménico, el jardinero, debo advertiros acerca de la gárgola sin alas. Una vez, por mi torpeza, cayó y me quitó la vida. ¡Que la ira sin freno no vuelva a causar un accidente tan estúpido! ¡Arreglad esa estatua de una vez!

—¡Bravo! ¡Muy bien dicho! ¡Así será! —aplaudió Flora.

—¿He estado bien? ¿De verdad? ¿Lo de *estúpido* no ha sido demasiado? Puedo volver a hacerlo si…

—No creo que haya tiempo, Doménico. Es hora de partir —dijo Wendy.

Así era. El cuerpo del jardinero se descompuso en brillos como luciérnagas que se elevaron hacia el rectángulo de luz. Lo último que escucharon de él, antes de que se disolviera completamente en su camino hacia Próximo Lugar, fue:

—¡No se os ocurra plantar menta! ¡Si lo hacéis, no la podréis eliminar jamás! ¡Consejo de jardinero!

Luego, la puerta se apagó y el atardecer volvió a ser el único responsable de iluminarlos.

Ash se levantó con dificultad y su familia lo abrazó. Rubén abrazó a la suya. Y entonces, ambos padres se miraron y sonrieron. Era el día en el que ambas familias iban a despedirse para siempre, y pensaban hacerlo como se debe: en paz y sin resentimientos.

40

Las últimas palabras del anfritrión

La historia está a punto de acabar. Ya no queda tiempo; ni para ellos, ya que el sol de ese día moría en el horizonte, ni para mí, ya que ese mismo sol resurge ahora, en el borde del mar. Detengámonos en la puerta de la casa. Después de mis palabras, te dejaré entrar, si es que aún lo deseas.

¿Quieres saber qué ocurrió con el vendedor de casas? El señor Piña permaneció en el césped, alterado y tembloroso, y así estuvo hasta que una ambulancia llegó para recogerlo. Poco más se supo de él. Que estuvo una temporada en un hospital psiquiátrico, que lo trasladaron a otra ciudad y, luego, se perdió su rastro. Un día vinieron al pueblo unos hombres que desmontaron su oficina y se llevaron sus archivos, sus sillas de cuero blanco y sus tazas de café. Y eso fue todo. Desapareció, como pasa con aquello que no merece ser recordado.

La noche llegó, y no fue una noche alegre. El día había estado cargado de emociones, pero aún faltaba lo peor. Lo que estaba por llegar se acercaba rápido, cargado de nubarrones que ensombrecían sus almas.

Bebé y Caligari permanecían más juntos que nunca, como si supieran que ya no podrían estarlo más. Mucho se habló esa noche y mucho se perdonó. No fueron pocas las voluntades que prometieron cambiar y no hubo error que no fuera confesado y comprendido. Ash habló del señor Erizo; Rubén entendió que, a veces, nadar puede hacerte más feliz que las teclas de un piano; Elanor le dio a su padre algunos consejos prácticos sobre cómo causar admiración; ambas madres exigieron ser escuchadas con mayor atención en futuros conflictos… Nadie quería hablar de las horas futuras, tan cargadas de vacíos y ausencias.

Los fantasmas llevaron a la casa el cofre desde la grieta del acantilado. Estaba lleno de monedas de oro, collares valiosos y dagas de plata con gemas incrustadas. Era más que suficiente para que la mansión tuviera cimientos nuevos y pintura reluciente, y también para que el agujero en la pared del desván y el pozo del jardín quedaran arreglados.

Apenas pasaba un minuto de la medianoche cuando escucharon el rugido de unas campanadas que les heló la sangre. El motivo era comprensible: ya no había campanas en la casa.

En mitad del gran salón, cerca de la mesa en la que Ash había hecho malabarismos con porciones de pizza, se elevaron cinco grandes figuras con túnicas negras y voces crujientes.

Si el Consejo de los Cuatro se sorprendió al ver humanos en ese encuentro, no lo demostró. Habían venido a dictar sentencia. Que los vivos siguieran ahí facilitaba las cosas, eran la prueba visible del fracaso de Ash.

Porque Ashley Lunasangre Tercero y su familia iban a tener que irse del lugar.

Para siempre.

41
Somos así de raros

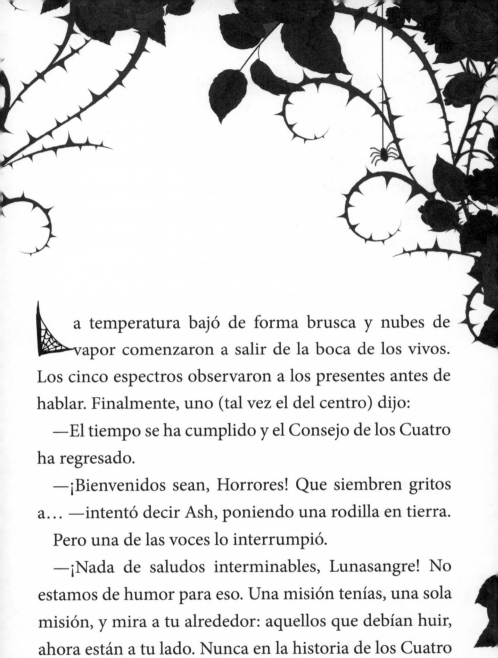

a temperatura bajó de forma brusca y nubes de
vapor comenzaron a salir de la boca de los vivos.
Los cinco espectros observaron a los presentes antes de
hablar. Finalmente, uno (tal vez el del centro) dijo:

—El tiempo se ha cumplido y el Consejo de los Cuatro
ha regresado.

—¡Bienvenidos sean, Horrores! Que siembren gritos
a… —intentó decir Ash, poniendo una rodilla en tierra.

Pero una de las voces lo interrumpió.

—¡Nada de saludos interminables, Lunasangre! No
estamos de humor para eso. Una misión tenías, una sola
misión, y mira a tu alrededor: aquellos que debían huir,
ahora están a tu lado. Nunca en la historia de los Cuatro
habíamos visto semejante ofensa.

—Son cinco… —susurró Iván a Elanor.

—Ni sueñes con que te lo explique —dijo ella.

El Consejo entero se giró hacia el humano más joven.

—¡Y para colmo pueden vernos! ¿Acaso ellos también conocen el secreto de las legañas de gato?

Wendy encontró valor en lo más profundo de su alma y dio un paso adelante, pidiendo permiso para hablar.

—Conocemos ese secreto, eminencias. La fantasma mayor lo ensayó conmigo misma y con mi familia. Y permitidme decir que fue una decisión sabia.

—¡Lo vengo diciendo desde hace siglos! ¡Ya no hay que usar legañas! —se quejó uno de los espectros altos, dirigiéndose al resto—. Es más popular que la estaca en el corazón de los vampiros.

—Tampoco hay que ser brillante para darse cuenta de lo de la estaca… A cualquiera que le atraviesen el corazón con una lo convierten en alimento de gusanos, sea vampiro, animal o humano —dijo otro.

—Insisto en que hay que eliminar el conjuro de las legañas y restaurar el antiguo, el del brócoli y el sapo.

—¡Jamás! No podemos ser tan crueles. Somos espectros, no demonios aborrecibles.

Rubén carraspeó para llamar la atención del Consejo. Si hubiera sido por ellos, habrían estado discutiendo sobre hechizos toda la noche. No tenían nada mejor que hacer. Las cinco figuras observaron al humano desde la negrura de sus capuchas.

—Eh… buenas noches, caballeros… o no caballeros… no sé cómo sois ahí dentro… —dijo con voz temblorosa.

No era por miedo, sino por cautela. Lo que iba a decir era delicado, pero podía cambiar el futuro de todos.

—Lo que somos no está al alcance de tu comprensión, pequeña criatura de vida limitada —respondió el primer espectro. Tal vez fuera otro.

—Lo que sí está a mi alcance es entender que estos fantasmas tenían ocho días para aterrar a una familia de humanos y, sin embargo, aún estamos aquí. Somos tres humanos y un gato, y no les tenemos miedo.

—No estás siendo de mucha ayuda… —le susurró Ash con la boca ladeada.

Rubén lo ignoró.

—El fracaso de este fantasma ha sido absoluto y aplastante, humano. Y que tú estés aquí, dirigiéndote a nosotros, es la prueba. La casa no es digna de ellos, ningún espectro que no pueda asustar merece un lugar como este.

—Y sin embargo… —Rubén dejó escapar una sonrisa, se sentía seguro y con las ideas más claras—, ha habido miedo. Mucho miedo. Deberíais haberlo visto. Un hombre que estuvo en el jardín sufrió tanto pánico que casi muere aplastado por una gárgola de piedra. Ha sido lo más impresionante que he visto en mi vida. Sé que podéis oler el miedo, así que inspirad con ganas y decidnos si no podéis sentir aún el aroma del espanto.

Los cinco giraron sus cabezas hacia la ventana e hicieron algunos ruidos con la nariz. Luego se dirigieron a Ash.

—Podemos sentir las caricias del terror en nuestras fosas nasales. ¿Es esto cierto, señor Lunasangre? ¿Cómo has usado tu talento para lograrlo? ¿Deformaciones? ¿Alaridos? ¿O técnicas de principiante, como alimentos que giran en el aire? No, tú no harías algo así. Jamás utilizarías algo tan vergonzoso. ¿Cómo lo has hecho?

Ash iba a responder, pero la mujer humana se le adelantó.

—Usó algo que, solo con recordarlo, da escalofríos. Una técnica conocida como *La tinta azul de la muerte en el casillero sin firmar*. ¿Era ese el nombre, señor Ash?

El fantasma tuvo que recibir un codazo de su esposa para salir de su asombro. Se limitó a asentir. Los cinco espectros se quedaron en silencio, y luego formaron un círculo para deliberar. La espera pareció infinita, pero la rueda se abrió y, de nuevo, el Consejo se dirigió a ellos.

—Esta situación es bastante inusual. Pero tenéis razón: aquí hubo miedo. Hubo desesperación. Hubo un humano aterrado. Fue lo pedido y fue lo obtenido. Podéis quedaros…

El alarido de felicidad de Ash y de los suyos fue escandaloso. Elanor e Iván se abrazaron. Colaborar tenía sus beneficios, después de todo. Pero el espectro siguió hablando:

—... solo ocho días más. Otra semana. Luego tenéis que iros.

—Pero... ¿por qué? ¡Conseguimos asustar! ¡No es justo! —se defendió Ash.

—Lo has asustado, es verdad —fue la respuesta—. Pero estos humanos, aquí presentes, no os temen. ¿Qué clase de fantasmas sois si podéis convivir con ellos sin causarles pánico? El que huyó, huyó. Pero estos quieren quedarse y no tenéis ningún poder sobre ellos. Por eso tenéis que iros.

En el mundo del Consejo de los Cuatro, la sentencia tenía sentido. En el mundo de los humanos, también. Sin embargo, quedaba algo por intentar. La señora Grimaldi les había dicho que debían ser inteligentes, que las soluciones estaban a la vista. Y tenía razón. Todo estaba ahí. Lo único que había que hacer era mirar la realidad desde otro ángulo y convertir la desventaja en ventaja. En una gran ventaja. Un éxito asegurado, para ser claros.

—Perdón, Grandezas del espanto olímpico y sideral o como haya que llamarlos... —dijo el humano—, pero tengo una pregunta: ¿asustar es parte de la vida de los fantasmas?

—Es uno de sus fundamentos y de sus razones.

—Pero si asustar implica gente que huye… no lo digo yo, lo habéis dicho vosotros… ¿cómo conseguís asustar a nuevos humanos?

—Siempre vuelven. Los humanos no se resisten a asomarse a lo desconocido.

—¡Gran respuesta, Horroreza! Y precisamente por ese motivo, estos fantasmas no pueden irse. Los necesito aquí, en la casa, todo el tiempo. Quiero contratarlos. ¿Cuántos sustos por mes se considera una buena paga?

Ahora sí, los cinco espectros no pudieron disimular el desconcierto.

—¿De qué hablas, insignificante mortal?

—¡De un hotel embrujado! ¡Cientos de turistas viniendo a estas costas para disfrutar del mar y de un auténtico susto garantizado! ¡Gritos de terror reales! Sol de día, horror de noche. Y si alguien huye, otro llegará, ansioso por ocupar su lugar.

—¿Quién en su sano juicio disfrutaría de ser aterrado?

—Somos así de raros, Prominencias. Nos encantan las películas de miedo, las montañas rusas, los cementerios de noche, los créditos bancarios… Nos van las emociones fuertes. Supongo que sentir el corazón desbocado nos recuerda que estamos vivos. Yo creía que nadie iba a querer venir a un hotel donde las sábanas volaran o las puertas se abrieran con crujidos, pero estaba equivocado. ¡Todos van a desear vivir esa experiencia! Permitidme una preguntita: ¿cuál de todas las casas embrujadas que conocéis tiene el récord de sustos?

Los espectros meditaron un instante.

—Creo que hay una en Inglaterra que tuvo un buen promedio.

—¿La de los McDowell?

—Esa. Fueron muchos sustos. Y muy buenos, por cierto.

—¿Cuántos en total? —quiso saber Elanor.

—Ocho.

—Ocho está bien. ¿En cuánto tiempo? —dijo Rubén.

—Doscientos años. Doscientos veintitrés, para ser exactos.

Rubén hizo cuentas a toda velocidad.

—Yo os ofrezco ocho por día. Diez. ¡Veinte por día! ¿Qué opináis?

—¿Veinte? ¡Tres docenas! ¿Lo podéis garantizar? ¡Que no se discuta más! —Y estrechó una mano helada con la de Rubén, que hacía cálculos mentales para saber en qué lugar del universo veinte eran tres docenas.

El Consejo de los Cuatro recuperó la compostura.

—Ashley Lunasangre Tercero, por el poder que tenemos como Consejo de los Cuatro, te concedemos esta casa a ti y a tu familia, en una alianza nunca antes vista entre vivos y espectros. Vendremos cada mes a verificar que el pacto se cumpla y que los visitantes sienten el más puro terror en sus venas. Y vosotros, humanos, sed llamados a partir de hoy Amigos de Otra Vida. Así se ha decidido y así se hará. Que las noches sean de miedo y que los gritos no acaben jamás.

—Que así sea y todo eso… —dijo Wendy.

El Consejo de los Cuatro se disolvió en una explosión de polillas blancas y motas de polvo y el salón quedó en silencio, iluminado por los rayos de la luna.

—Entonces… —dijo Elanor.

—Entonces, ya está —respondió Iván, sonriendo.

—¿Podemos quedarnos? ¿Eso acaba de pasar? ¿Somos socios de un hotel? —preguntó Ash, mareado por tantas cosas a la vez.

—Socios socios… lo que se dice socios… En realidad, vosotros seríais una especie de empleados permanentes con privilegios… Sin seguro de vida, claro… no lo necesitáis, ¿me equivoco? —respondió Rubén.

Wendy soltó tal grito que a punto estuvo Caligari dejar su última vida sobre el sofá.

—¡Podemos quedarnos! ¡Podemos quedarnos! ¡Tenemos casa!

Y la celebración fue compartida. Por todos.

Al fin.

343

42

El anfitrión te da la Bienvenida

as semanas que siguieron fueron intensas. Arreglar, pintar, fortalecer cimientos, ampliar el sótano. ¿Qué dices? ¿Que la casa aún se ve tenebrosa? ¡Pues claro! ¿Quién querría venir a una casa embrujada que no luzca como tal?

El dinero alcanzó con creces. Por supuesto, hubo que avisar a las autoridades del país acerca del tesoro descubierto. Cuestiones legales, más que nada. Hubo que pagar porcentajes, tributos, sellos y toda esa infinidad de trámites burocráticos con los que el señor Piña habría estado encantado. Pese a todo, les quedó suficiente para dejar el lugar acondicionado para el verano. Y fue un éxito.

Durante los últimos siete años han llegado, de la misma forma que tú has hecho hoy, visitantes de todas partes, a disfrutar de la playa y del miedo.

Ven, sube las escaleras. Vamos a entrar. Te va a encantar. ¿De dónde has dicho que vienes? Oh, eso está lejos. Creo que disfrutarás de tu estancia. Los desayunos son excelentes y las noches te congelarán el alma. Y el jardín sigue siendo perfecto. Como ya he dicho, cumplieron su promesa y cuidaron el legado de Doménico. Además, para tu tranquilidad, reemplazaron las gárgolas de piedra por unas de plástico. Parecen idénticas, pero ya no hay riesgo de que maten a nadie.

Pasa. El señor Rubén y la señora Wendy te atenderán en persona. También verás a Caligari en alguno de los rincones. Ya está un poco más viejo, pero aún le gusta ocultarse en equipajes ajenos. Iván ahora enseña surf en la playa a todo el que quiera aprender. Claro, ya no es ese adolescente rebelde que llegó en una noche de tormenta. Sigue permitiendo, de vez en cuando, que Elanor nade con él. La fantasma ahora es una gran titiritera, y continúa tocando el piano a medianoche. Tiene su propio espectáculo, y puedes pedirle canciones.

Ash y Flora se encargarán de que pases unos excelentes momentos de pánico. Bebé, también. Ya no es tan bebé, pero no se lo digas. Él no lo sabe.

Antes de entrar, tengo que comentarte algunas normas de convivencia: no se autoriza la música fuerte, la cena se sirve hasta las diez de la noche, está prohibido bajar al sótano y no se aceptan palomas. No traes ninguna contigo, ¿verdad? No sería la primera vez que algún turista viene con ejemplares de esos despreciables pajarracos para divertirse a costa de los espectros.

¡Ah! ¡Mira qué hermoso amanecer! ¡Qué tibieza estos rayos de sol en la cara! ¿Qué? ¿Yo, un vampiro? ¡Ja! No, no soy un vampiro. ¿Conseguí engañarte? ¿En serio te lo has creído? ¡Gracias, me halaga!

Simplemente, soy un anfitrión, uno de los encargados de darles la bienvenida a los que llegan al hotel. Solo se permite llegar de noche, como habrás visto. Es parte de la experiencia. Un poco de caminata por el acantilado, otro poco por el jardín, algo de voz tétrica, cierto tono teatral al hablar, unos cuantos saltos sobre las tumbas falsas. Todo eso de las plumas de lechuza y de las cebollas y el agua oscura que mencioné al principio... sí, una pequeña mentira blanca.

Si fuera un vampiro de verdad, el sol ya me habría reducido a cenizas. Me verás de día y de noche. Solo tengo permitido ausentarme las noches de luna llena, por un problemilla capilar que solo me ocurre esas noches, nada de qué preocuparse.

Cuando llegaste, te dije: «Todo empezó con dos puertas y terminó con una». Bien, esta es la puerta del final. Déjame abrirla y decirte lo que les digo a todos aquellos que nos visitan:

Deseo que disfrutes de una buena
y terrorífica semana.
Si escuchas susurros, ves manos que brotan
de las paredes o el agua que sale de los grifos
es roja como la sangre, quiero que sepas que
es algo absolutamente normal en este hotel.
¡Que el corazón te lata fuerte y que el
asombro ocupe tus minutos!
¡Que disfrutes tu estancia en el

Gran Hotel Grimaldi!

Fin